中国传统记忆丛书

图说老祖师

中国传统记忆丛书
图说老祖师
矫友田 著
济南出版社
岁月到底为我们留下了什么，又带走了什么呢？
在这个日益喧哗和浮躁的红尘中，我们往往轻易地就选择了遗忘：将那些萦绕着童年欢悦的炊烟，以及淳朴的笑容和充满睿智的叮咛，都湮没在慵散的时光里。
假如真是这样，或许有一天，我们会蓦然发现，自己的灵魂之根竟不知该扎往何处。因为，我们已经遗忘了太多本真的记忆。
一个人丢失了本真，就会失去自我；一个民族丢失了传统，就会失去世界。
传统文化，是一个民族的灵魂，也是一个国家的精神基石。留住那些传统的记忆，不仅仅是留住我们心灵的栖息地，更重要的是留住了一眼涌动着美德之水的甘泉。

图书在版编目（CIP）数据

图说老祖师 / 矫友田著 .—济南：济南出版社，2015.2（2023.5 重印）

（中国传统记忆丛书）

ISBN 978-7-5488-1445-0

Ⅰ. ①图…　Ⅱ. ①矫…　Ⅲ. ①散文集—中国—当代　Ⅳ. ① I 267

中国版本图书馆 CIP 数据核字（2015）第 032248 号

出 版 人　崔　刚
丛书策划　张元立
责任编辑　吴敬华
装帧设计　侯文英

出版发行　济南出版社
地　　址　济南市二环南路 1 号 (250002)
发行热线　0531-86116641　86922073　67817923
编辑热线　0531-86131721　86131722
网　　址　www.jnpub.com
经　　销　新华书店
印　　刷　肥城新华印刷有限公司
版　　次　2023 年 5 月第 1 版第 2 次印刷
规　　格　150 毫米 × 230 毫米　16 开
印　　张　14.75
字　　数　210 千
定　　价　48.00 元

写在前面

时光荏苒，每个日子都将定格为历史。

回首那一个个渐行渐远的日子，无论是澎湃激情，还是满腹惆怅，都已伴随着岁月的风尘一点点地泛黄，抑或彻底地褪去色泽。

岁月到底为我们留下了什么，又带走了什么呢？

在这个日益喧哗和浮躁的红尘中，我们往往轻易地就选择了遗忘：将那些萦绕着童年欢悦的炊烟，以及淳朴的笑容和充满睿智的叮咛，都湮没在慵散的时光里。

假如真是这样，或许有一天，我们会蓦然发现，自己的灵魂之根竟不知该扎往何处。因为，我们已经遗忘了太多本真的记忆。

一个人丢失了本真，就会失去自我；一个民族丢失了传统，就会失去世界。

传统文化，是一个民族的灵魂，也是一个国家的精神基石。留住那些传统的记忆，不仅仅是留住我们心灵的栖息地，更重要的是留住了一眼涌动着美德之水的甘泉。

正是基于这个目的，我们筹划推出了以“中国传统记忆”为主题的系列图文书，以期将更多传统文化的印记重新展示在你的面前，使你在愉快的阅读中，能够寻找回更多淳朴与本真的景象。在阅读的过程中，你会从那些与历史、民俗相关的记述中，领悟到中华民族传统文化的本源，然后，怀着一颗敬畏的心去面对大千世界的芸芸众生。

以“中国传统记忆”这个主题作为创作主攻的方向至今，我已经陆续在全国各地走访、拍照七八个年头，搜集到了大量的一手资料。期间所经历的酸甜苦辣，都已经化为创作的动力，融入每一行文字当中。

首批推出的“中国传统记忆丛书”共分四册：《图说老祖师》《图说老吉祥》《图说老物件》《图说老家风》。这既是我们在“中国传统记忆丛书”这个系列上的第一次“收获”，也是我们再一次“播种”的开端。我们会尽最大的努力，保证作品文字的生动趣味性和图片的丰富多彩性，从而将其打造成一套既具有阅读价值，又具有收藏意义的系列精品图书。

传统记忆，写满了沧桑，也印证了无数的精彩与希冀！

我们坚信，第二次、第三次及至更多的“收获”，会伴随我们的努力耕耘，如期而至。

如果这套丛书能够得到你的欣赏，为你唤回一些美好的思绪，并让你的心灵因传统文化的润泽而变得更加充实和明朗，我们将倍感欣慰。

我们也更愿意继续！

矫友田

2014 年 11 月

目　录

第一辑 传统饮食篇

因祸得福酿出酒

中国，是酒的故乡，酒的品种之多，产量之丰，堪称世界之冠。在我国民间，不管天南海北，还是男女老幼，饮酒之风历经数千年不衰。酒，在我国历史文化的长河中，已经成为一种文化的象征。

贮藏在酒坛里的芳香，就像那些淳朴的岁月一样，令人浮想联翩。

我国酿酒的历史十分悠久。根据考古发现，在距今四五千年以前的龙山文化时期，先人们就已经懂得用谷物酿酒。到了商周时期，酿酒业已经具有相当的规模。当时，国家已经有了专门职掌酒业的官员，如酒正、酒人、郁人等。汉代已经出现了多种酿酒用的酒曲，仅西汉扬雄撰写的《方言》一书就记载

从汉代的酿酒画像石上可以看出来，当时的酿酒工艺已经比较成熟。

千百年来，酿酒技术一直是我国民间一项十分重要的手工艺。

了八种地方名曲。而在司马迁撰写的《史记》里面，则有关于商纣王“以酒为池，悬肉为林”的文字记载。这些都可以证明我国酒业兴起历史之久远。

到了西晋时期，民间还出现了可以治病的药酒。这时候真正的烈性酒还没有出现，大都是一些用谷物酿造的米酒，或者是用果子酿造的果酒。烈性酒大约是在宋金时期出现的，酒精含量一般在 40 度以上。南方酿制的酒多为 40 ~ 60 度，北方酿制的酒多为 50 ~ 60 度，个别的高达 67 度。

酒，从诞生的那一刻起，就融入到人们的生活和文化之中。婚丧嫁娶、生儿育女、择业升迁、祭祀神灵……几乎每一项活动和仪式都离不开酒，真可谓“无酒不成席，无酒不成礼”。

古人喜欢以“玉液”“琼浆”“甘露”等美称来代表酒，喜欢以“酒仙”“酒神”等名称来称呼善饮的人，足以见得人们对酒的喜爱程度之深。在古典艺术的殿堂里面，“酒神精神”则无处不在，它对后世产生了深远的影响。

据说，“画圣”吴道子在作画之前必酣饮大醉，醉后挥毫立就，所画人物衣带有迎风飘舞的动感，故而留下“吴带当风”的美誉。“书圣”王羲之曾在酒酣之时，挥毫而作《兰亭序》。待酒醒之时，他又临摹数十遍，竟无一能够抵得上先前的意境。

杨贵妃醉酒牡丹亭，留下了一曲千古绝唱。

魏晋名士、天下第一“醉鬼”刘伶，在《酒德颂》里如此写道：“兀然而醉，恍尔而醒。静听不闻雷霆之声，熟视不见泰山之形，不觉寒暑之切肌，嗜欲之感情。俯观万物，扰扰焉，如江海之载浮萍。”唐代诗人李白在《月下独酌》一诗中也有“天若不爱酒，酒星不在天；地若不爱酒，地应无酒泉”的佳句。

唐代“诗仙”李白，将中国传统酒文化推向了一个新的历史高潮。

酒的诞生，与古代农业发展有着密切的关系。随着农业的发展，人们收获的谷物开始有所盈余，于是人们就开始将多余的谷物贮藏起来。最早的贮藏方式是非常原始的，谷物受潮之后便发霉或发芽，吃剩的熟谷物也会发霉。这些发霉、发芽的谷粒，就是上古时期的曲糵。将其浸入水中，它便发酵成酒，这种是天然酒。人们不断地接触天然曲糵和天然酒，并逐渐接受了这种饮品，久而久之，又发明了人工曲糵和人工酒。

据传第一次发现这种天然酒，并最终发明了人工曲糵和人工酒的，是夏朝初年的一位名叫杜康的国王。杜康也称少康，古书说“杜康造酒”，又说“少康作秫酒”。但是在民间传说中，杜康是黄帝的大臣，他的任务是负责掌管粮食生产。

杜康因祸得福酿出美酒，被后世尊奉为“酒神”，并成为酿酒行业的始祖。

因为风调雨顺，连年丰收，粮食越打越多。那时候没有仓库，也没有现在的科学保管方法。杜康带领人们将丰收的粮食全部堆放在山洞里面。由于山洞里比较潮湿，时间一长，里面的粮食全部发霉了。黄帝知道这件事情之后非常生气，便下令将杜康撤职，只让他担任粮食保管。黄帝还警告杜康，如果粮食再出现霉坏，就将其处死。

当时，杜康感到异常愧疚。

他暗下决心，一定要像嫘祖、仓颉一样有所创造，把粮食保管这项任务做好。

民间酿酒工艺中的制曲示意图。

后来杜康想出了一个办法，他让人将那些枯死的大树的树干掏空，然后将粮食贮藏在里面并密封好。他想，也许这样粮食就不会霉坏了。然而，贮藏在树洞里的粮食经过风吹、日晒、雨淋，竟慢慢地发酵了。

有一天，杜康去查看粮食，他吃惊地发现，有一棵树干裂开了一条缝隙，从里面不断地往外渗“水”。山羊和野兔舔食了那些液体之后，都不由自主地倒在了地上。杜康用鼻子闻了一下，渗出来的那些“水”极为芳香，他便忍不住尝了一口。“水”的味道有些辛辣，却特别醇美。他又尝了几口，顿觉精神饱满，浑身是劲。

这个现象引起了杜康极大的兴趣，经过反复研究思索，他终于发现了自然发酵的原理，遂有意识地进行仿效，并不断地加以改进，最终形成了一套完整的酿酒工艺。

年画里的造酒仙翁杜康像，在过去的酿酒行业内曾广受崇拜。

对这种味道醇美的“水”，黄帝和大臣们品尝之后都赞不绝口。黄帝命仓颉为它起一个名字，仓颉随口说道：“此水味香而醇，饮而得神。”说完他便造了一个“酒”字。

从此以后，我国民间的酿酒业开始出现。后人为了纪念杜康，便将他尊为酿酒业的始祖。

炼丹炉炼出了豆腐

豆腐，在古时有很多名称，譬如“福黎”“菽乳”“黎祁”等，大约到了唐宋时期，才被正式定名为豆腐。豆腐的“专利权”属于中国。公元754年，唐代鉴真和尚东渡日本成功之后，把制作豆腐的技术传入日本。从此，这门技术才陆续传往世界各地。

自古以来，物美价廉的豆腐就深得人们的喜爱，街市上经常能见到卖豆腐的摊贩。

豆腐是我国民间素食菜肴的主要原料，历来深受人们的喜爱。《辞源》对豆腐的生产过程是这样记载的：“以豆为之。造法，水浸磨浆，去渣滓，煎成淀以盐卤汁，就釜收之。”

宋代大文学家苏东坡还是一位美食名家，他亲手烹制出了“东坡豆腐”这道千古名菜。

喜欢吃豆腐的人越来越多，渐渐地，我国民间就形成了一种豆腐美食文化，并广泛流传。期间，许多文人雅士也纷纷加入到传播的行列之中。

北宋时期的大文豪苏东坡，不仅诗歌写得漂亮，他还是一位著名的美食家。他非常喜欢吃豆腐，而且对豆腐的烹制也颇有研究。元祐二年至四年，苏东坡在杭州任知府期间，曾亲自动手制作出了“东坡豆腐”。这道名菜，至今仍是中国传统美食界的一个佳话。

南宋诗人陆游，在《渭南文集》中记载了豆腐的烹饪方法。更为有趣的是清代大臣宋荦关于康熙皇帝与豆腐的一段记载：康熙皇帝南巡苏州时，赏赐众随行大臣的不是金玉奇玩，而是颇具人情味和乡土气的豆腐佳肴。

淮南王刘安意外做出豆腐，成为豆腐行业的始祖。

至于豆腐制作的起源，据说与西汉时期的淮南王刘安有关。

刘安（公元前179—前122年），是汉高祖刘邦的孙子。公元前164年，他被封为淮南王。刘安学识渊博，才思敏捷。他招募文人学者以及方士、术士等数千人，集体编撰了《淮南子》一书。该书包罗万象，既有史料价值，又有文学价值。刘安还是世界上最早尝试“热气球”升空的实践者——他让人将鸡蛋去汁，然后利用艾草燃烧出来的热气，使蛋壳升浮。

刘安因摆脱不了时人对“长生不老之术”的渴求与迷信，不惜重金广招天下的方士、术士。其中比较有名的是苏飞、左吴、李尚、晋昌等八人，他们被称为“八公”。刘安命人在北山深处建造炼丹炉，然后在八公的陪伴下，炼仙丹以求长寿。他们取山中的泉水磨制豆浆，又用豆浆培育丹苗。

炼丹炉，曾是古人迷信“长生不老之术”的精神寄托。

有一天，刘安不慎将一碗豆浆洒到了炉旁一小块供炼丹的石膏上面。不多时，那块石膏不见了，液体的豆浆却变成了一摊白生生、嫩嘟嘟的东西。八公中的晋昌大胆地尝了一下，觉得美味可口。于是，他便将这个发现告诉了刘安。

刘安感到很奇怪，他尝了一下，觉得果然如晋昌所说。只可惜量太少了，他想，能不能再造出一些让大家都来尝一尝呢。

豆腐与百姓的饮食有着密切的关系，这幅东北民间剪纸，表现的就是农村做豆腐时的情景。

于是，刘安就让人把剩下的那些豆浆连锅一起端来，把石膏碾碎搅拌在里面。过了不一会儿，又生成一锅白白嫩嫩的东西。刘安连呼“离奇”，这就是豆腐最早被称为“黎祁”的原因。“黎祁”为“离奇”的谐音。

北山因此成为豆腐的原产地，后来被更名为“八公山”。八公山的豆腐从此闻名天下。

淮南王刘安意外地创造出了豆腐这种美食，因此，他被后世民间的豆腐行业尊为本行业的祖师爷并加以供奉。

卖过酸梅汤的皇帝

过去，酸梅汤是盛夏消暑的饮品，老人孩子皆喜欢。

酸梅汤，是中国传统饮品当中历史比较悠久的一种。早在商周时期，人们就知道用梅子提取酸液作为饮料。古籍里面所记载的“土贡梅煎”，就是一种最古老的酸梅汤。

真正意义上的梅汁饮料，是在宋代出现的。当时的工艺，已经跟现在制作酸梅汤的工艺比较接近了。南宋文人周密在《武林旧事》一书中记载的“卤梅水”，就是近似于酸梅汤的一种清凉饮料。到了明代，梅汁饮料的品种异常繁多，如“青梅汤”“黄梅汤”“梅苏汤”，等等。自清代开始，梅汁饮料被正式定名为“酸梅汤”，其影响力也发展到了顶峰。

现在酸梅汤的制作工艺，是将乌梅泡发以后，加入冰糖、蜜、桂花或甘草、山楂等一起煎熬。待冰镇之后，它就成了酸甜可口、生津止渴的酸梅汤。据明代李时珍的《本草纲目》记载，乌梅，是采摘半黄的梅子，以烟熏制而成。乌梅具有消暑送凉、祛痰止咳和生津止渴的功效。因此，以乌梅制作的酸梅汤，不仅深受平民百姓的喜爱，在皇宫内也十分盛行。

据史料记载，乾隆皇帝就特别喜欢喝酸梅汤。它也是慈禧太后的喜爱之物。1901 年，慈禧太后在西安度夏时，提出要喝冰镇酸梅汤。由于当地没有冰井，酸梅汤无法得到冰镇。有人急中生智，想起距离长安城西南百余里的太白山中有一个岩洞，此洞凉气彻骨，深不见底，内有多年不化之冰。于是到太白山取冰，这才满足了慈禧太后的需要。

清代的慈禧太后，对酸梅汤情有独钟。

旧时，每到盛夏，在北京的大街小巷和干鲜果铺门口，随处可见卖酸梅汤的摊贩。他们的摊子前大都挂着一个写着“冰镇热水酸梅汤”的牌子。摊主手持一对青铜小碗，不时敲击发出铮铮的脆响，借此招揽顾客。清代文人郝懿行在一首《竹枝词》中这样写道：“铜碗声声街里唤，一瓯冰水和梅汤。”它生动地描绘出了一幅市井消夏图，道出了酸梅汤是当时老百姓消暑的主要饮品。

老北京制作的酸梅汤，当以琉璃厂的信远斋最为出名。信远斋的酸梅汤都是在半夜熬得，盛在白地青花的大瓷缸里面，然后冰存在老式绿漆的大冰桶里。待到第二天上午出售时，酸梅汤就冰凉振齿了。

贫民出身的皇帝朱元璋，因为首创酸梅汤，从而成为这个行业的始祖。

民间传说，酸梅汤是由明朝开国皇帝朱元璋首创的。相传在元朝末年，朱元璋还是一个以贩卖乌梅为生的小贩。他到襄阳出售乌梅时，正赶上湖北荆襄一带闹瘟疫。朱元璋自己也被传染上了，病倒在一家小客栈里。

这一天，外面下起了瓢泼大雨。朱元璋拖着疲弱的身子来到客栈后面的库房，查看存放的那些乌梅，怕它们被雨水淋湿。他闻到乌梅扑鼻的酸

在现代闹市里，那些略带古韵的酸梅汤摊点，仿佛在散发丝丝凉意。

气之后，精神顿时好了许多。朱元璋灵机一动，便用乌梅搭配山楂、甘草煮成酸梅汤天天喝。过了一些日子，他竟然痊愈了。

从此，朱元璋便大力推销酸梅汤，他也因此迅速富裕起来，为日后起兵奠定了基础。后来，朱元璋不管是行军打仗，还是日常生活，都经常以酸梅汤来养气提神。在做了皇帝之后，他仍对酸梅汤情有独钟。

旧时，我国民间喜欢将一个行当的始祖，挂靠到一位大众熟知的名人身上。他们这样做，既表示对这个行业的尊重，又借此做广告。

因此，旧时经营酸梅汤的商贩，都将朱元璋供奉为本行业的祖师爷。

蒸制“蛮头”祭亡灵

馒头，是我国民间最著名的发酵面食品，被誉为中华面食文化的象征。今天，人们常拿馒头与西方的面包相媲美。

我国是世界上最大的，也是最早的农作物发源中心。早在5000年以前，居住在黄河流域的先民就已经学会种植小麦。有了麦子，人们就逐渐将它们加工成各种面食。不过，在上古时期，因为没有磨，人们只能用杵臼等工具加工面粉，吃面食也就比较困难。

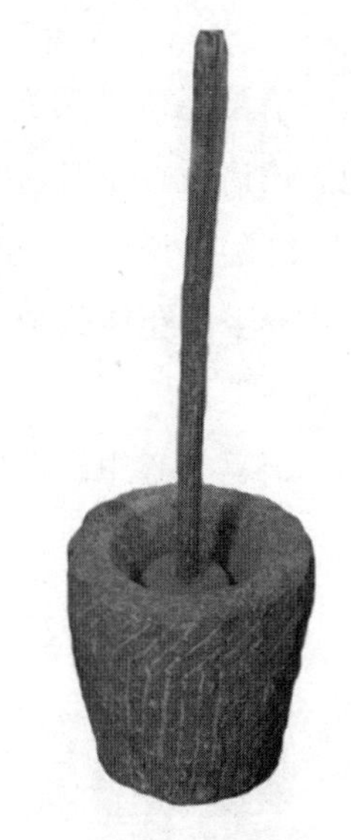

汉代以前，人们大都以杵臼等工具来捣制面粉，加工比较费力。

从汉代开始，因为发明了石磨，人们吃面食就方便多了。面食逐渐在北方普及开来，继而传到南方。

据明代文人周祁的《名义考》记载：古代凡以麦面为食，通称为“饼”。以炉火烘烤的，称为“炉饼”，即今天的“烧饼”；以开水煮的，称为“汤饼”，即今天的面条、切面；蒸而食之的称为“蒸饼”或“笼饼”，就是今天的馒头、包子。

在我国历史上，馒头出现的时间非常早。据说，最早的馒头是由蜀汉丞相诸葛亮提出制作的。

蜀汉建兴三年（225年）秋天，诸葛亮采取攻心战，七擒七纵收服了孟获，与西南少数民族建立起了良好的关系，而后班师回朝。当大军行至泸水时，忽然阴云密布，狂风大作，巨浪滔天，军队无法渡河。

自汉代起，随着圆盘石磨（左）和石碾（右）等工具的出现，面粉的加工省事了不少。

诸葛亮精通天文，但这次对天气骤然的变化也感到迷惑不解。他连忙请教一位对这一带地理气候非常了解的老随从。

老随从说："这里数年来一直打仗，很多士兵战死在这里。那些客死异乡的冤魂经常会出来作怪，凡是要从这里渡河的人，都必须进行祭奠。"

诸葛亮心想，那些战士为了国家的利益抛尸他乡，如今战争结束了，祭奠他们也是应该的。

蜀汉丞相诸葛亮，被馒头行业奉为祖师爷。

于是，他便问那位老随从需要什么祭品。老随从回答说："要用七七四十九颗南蛮首级进行祭奠才会平安无事，而且来年肯定丰收。"

诸葛亮一听，心里一沉："这些作祟的既然是冤魂，如果再用四十九颗首级祭奠，不是平白无故又增加了四十九个冤魂吗？这样循环往复，冤魂就会越积越多，泸水便永无宁日。"

这时候，只见泸水阴气四起，凶涛恶浪，士兵和战马都处在惊慌之中。见此情形，诸葛亮自知不祭不行，但他又不想以人头祭奠泸水。

经过一番苦思冥想，诸葛亮终于想出

一个用其他物品替代首级的绝妙办法。他命令士兵杀牛宰羊，将牛羊肉剁成肉酱，拌成肉馅，再在外面包上面粉，并做成人头的模样，然后将它们放到笼屉里蒸熟。

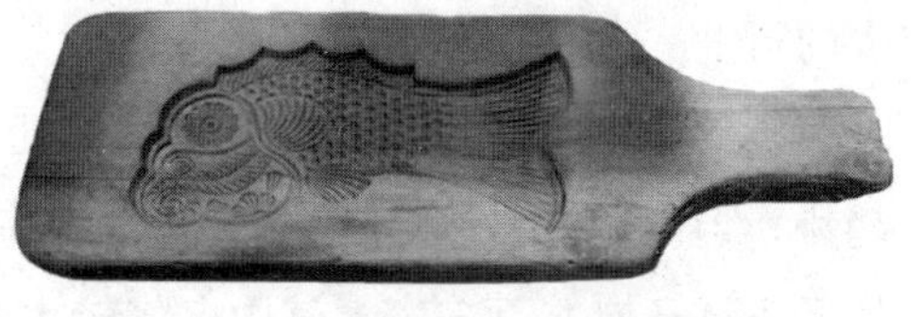

我国民间用来制作鱼形花馍的面模。

诸葛亮将这些以肉和面粉做成的祭品拿到泸水畔上，并亲手摆到供桌上面。经过一番拜祭之后，他命令士兵将它们一个个地丢进泸水里。

祭奠过后，泸水上空顿时云开雾散，风平浪静，大军顺顺利利地渡了过去。这种替代人头而成为祭品的东西，在当时被称为“蛮头”。

从此，人们在进行祭祀时，经常将“蛮头”作为供品。或许是因为“蛮头”这个名字听起来不雅，所以人们就用“馒”字替代“蛮”字，“蛮头”也就被称作“馒头”了。馒头作为供品，祭祀之后又被人们食用。再后来，人们便将馒头列入日常生活的食品之中。

诸葛亮也因此被后世的馒头行业尊奉为祖师爷。不过在今天看来，当时的馒头应该属于包子之类。

到了宋朝时，有馅的馒头才被人们称为“包子”。当时，猪肉、羊肉、牛肉、鸡肉、鸭肉、鱼肉及各种蔬菜都可以做成包子馅。不过，“馒头”这个名字仍被广泛使用。

到了清代，馒头和包子的称谓开始有了明确的区别。在北方，有馅的被称为包子，无馅的则被称为馒头。而在南方，有馅的被称为馒头，无馅的却被称为大包子。清代最有名的当属扬州的馒头，有小馒头、千层馒头等众多花样。

北方巧手妇女蒸制的“凤穿牡丹”大馒头。

在当时的北京，则形成了以满族、汉族、蒙古族、回族为代表类型的众多馒头铺。在清朝康熙和乾隆年间，馒头铺在民间仍是一个较大的行业。

到了民国时期，馒头行业几经演变，虽然在某种程度上呈衰落趋势，但从业者仍然众多。据 1937 年前的统计资料显示，当时北平的馒头铺还有二百多家，其中名气较大的馒头铺有合芳楼、增和楼、南文斋、玉庆斋等。

那些始终能够在同行业内独领风骚的馒头铺，大都有自己的拿手绝活，如玉庆斋的杠子馒头、增和楼的咧子馒头，等等。

而如今，馒头铺遍布全国各地，并传到世界各国。只是，对于馒头所包含的诸葛亮仁义爱民的精神，恐怕已经很少有人知道了。

闻太师的军中“糖饼”

糕点的历史非常悠久，它是中国传统饮食文化的一个重要组成部分。自古至今，市井间的各种糕饼铺、糕饼摊、糕饼挑子，给热闹的城镇生活增添了许许多多的情趣。

这组泥塑像，表现了旧时糕点铺烘烤糕点的情景。

糕点，一般被人们当成主食之外的副食品，我国民间对糕点也有“点心”之称。早在1500年以前，在中国人的饮食生活中，就已经存在“常馔”和“小食”之分。“常馔”，就是所谓的一日三餐或两餐，而“小食”则是指吃点心。

唐代时，人们就已经习惯用“点心”一词来表示稍许吃点食物。关于“点心”这个名字的来历，在我国民间流传着这样一种说法：

相传东晋时期，有一位大将军，他见属下将士们日夜浴血沙场，英勇杀敌，屡建奇功，甚为感动，于是传令烘制民间喜爱的美味糕饼，慰劳将士，以表“点点心意”。从此以后，“点心”这个名字便流传开了，并沿用至今。

我国民间的糕点行业，一直是将闻仲奉为本行业的始祖。旧时，糕点行会每到祭祖时，都要举行隆重的仪式。尤其是在清代和民国时期，祭祖活动结束之后，人们往往还要演出《大回朝》《摘星楼》等与闻仲有关的大戏，以示纪念。

闻仲是谁？他又是如何成为糕点行业的祖师的呢？

闻仲，是古典神话小说《封神演义》里的一个人物，被称为闻太师。闻仲与姜子牙，是商周两朝中地位相当的两位丞相。闻仲保商，姜子牙保周。

商朝托孤大臣闻仲，被我国民间的糕点行业奉为祖师爷。

闻仲是商朝的托孤大臣，德高望重，对商朝忠心耿耿，还拥有先王赐予的打王金鞭。因此，商纣王对他也畏惧三分。闻太师为人耿直正派，又有一身好本事，无奈保了昏君纣王，逆天行事，最终在劫难逃。

据传，当年周武王讨伐商纣王时，纣王派太师闻仲随军出征应战。为了加快行军的速度，他们尽量减少埋锅造饭的时间。为此，闻太师亲自设计了一种用饴糖与熟谷粉掺和在一起做成的糖饼，待风干后作为士兵的干粮。

这种糖饼口感好，便于携带和保存，而且热量高，适合行军作战时食用。今天看来，闻太师制作的糖饼，应该是我国糕点的雏形。

此后，民间竞相仿效这种糖饼，调整原料配方和制作工艺，几经演变，逐步发展出油炸、烘制、蒸制、酥皮等各类精美的糕点。

因此，闻仲就成为糕点行业的祖师爷。到了后来，人们甚至将制作糕点的吊炉、焖炉、蒸炉、铛、铲等工具的发明，也都归功于他。对于糕点祖师爷这个美誉，闻仲自然更加享之无愧了。

唐代时，糕点已经发展成为社会上的一个产业，都城长安出现了许多“糕点铺”，以及以制作糕点为职业的“饼师”。在当时制作糕点的工具里面，已经出现了至今仍在广泛使用的烤炉和平锅。

糕点铺用来制作月饼的面模。

到了宋代，我国民间糕点

行业的发展愈加兴盛。南宋文人吴自牧在《梦粱录》一书中，记载了当时的糕点名目数十种，如“肉油饼”“菊花饼”“甘露饼”“乳饼”“糖蜜糕”“麻团”“豆团”“春饼”“酥皮烧饼”等。这说明当时的糕点制作已经十分精细，糕点糖果的生产已经形成了不同地域、不同风格的制作传统。

旧时，糕点铺在中秋节前销售月饼时的广告招幌。

清代中晚期，是我国糕点行业发展的蓬勃时期。当时的八旗子弟可以从政府领取薪俸而无需劳作，他们整日流连于饮食场所，以至酒楼、茶舍数目剧增。各大茶舍、酒楼也因相互竞争，纷纷推出不同风味的糕点，令本来种类繁多的糕点更加多变。

清代袁枚所著《随园食单》，就记载了蓑衣饼、合欢饼、虾饼、薄饼、松饼、青糕、百果糕、雪花糕、沙糕、软香糕等众多品种的糕点。

经过我国劳动人民的长期实践，尤其是糕点师们的继承和发扬，糕点品种越来越多。不同的地区，形成了不同特色的糕点流派，如京式糕点、广式糕点、苏式糕点、潮式糕点、闽式糕点，等等。

其中，京式糕点以其重油轻糖、酥松绵软、口味纯甜的特点而名扬四海。它的主要代表是“京八件”和红、白月饼。

“京八件”，是旧时北京人探亲访友必备的礼品。它原本是皇室王族婚丧典礼及日常生活中必不可少的礼品和摆设，后来配方由御膳房传到民间，并广泛流行。

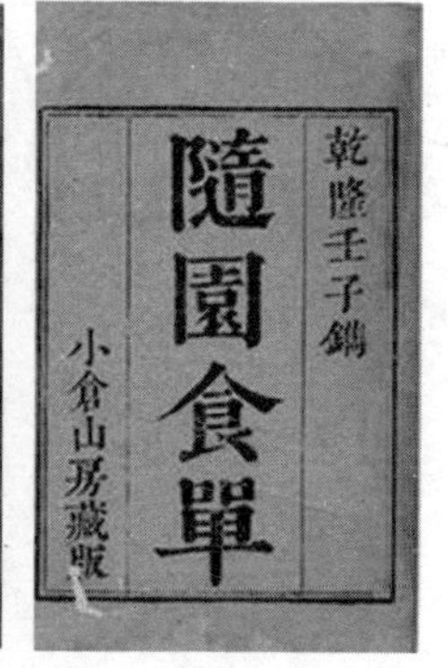
乾隆壬子鐫

隨園食單

小倉山房藏版

清代文人袁枚所著《随园食单》，记载了众多口味不同的糕点。

“京八件”，有“大八件”“小八件”和“细八件”之分。八件是采用山楂、玫瑰、青梅、白糖、豆沙、枣泥、椒盐、葡萄干等

时至今日，甜美的糕点仍是人们三餐之余的消闲食品。

八种馅心，外裹以含食油的面团，放在各种图案的印模里精心烤制而成。其形状多种多样，有石榴形、鲤鱼形、佛手形、寿桃形、腰子形、葫芦形、蝙蝠形，等等，且精巧玲珑。

甜美的糕点，伴着那些美丽的传说朝我们走来。当我们品尝这些美味的时候，是否会嗅到一缕源自古代“糖饼”的芳香呢？

抗金名将的火腿情

早在春秋战国时期，我国民间已经懂得了腊肉的制作方式。

火腿，是我国民间著名的美食特产，其制作历史十分悠久。早在公元前五百多年前的春秋战国时期，就有了“腊肉”（干肉）食品，古人将它们作为送礼的佳品。

据《论语·述而》篇记载，拜师时，要送上“束脩”为见面礼。“脩”即为干肉，而“束脩”就是十条干肉。

到了唐代，民间腊肉的制作方法有了较大的改进。人们在原味腊肉的基础上，制作出了多味腊肉，譬如有的甜中带辣，慢慢咀嚼，回味无穷。

到了宋代，浙江民间为防止猪肉变质腐烂，开始腌制贮藏，并将其作为馈赠和接待客人的佳品，从而有了著名的金华火腿。金华火腿的起源，据说与宋代抗金名将宗泽有着密切的关系。

北宋末年，统治者昏庸无能，国土被金人占领过半。宗泽的家乡在浙江的金华府，当看到朝廷军队不堪一击的时候，他义愤填膺，决定带领家乡的青年组成义军抗金。

仅用了几个月的时间，他就挑选了八千多名壮士。当朝宰相李纲知道宗泽忠义爱国，智勇双全，便力荐他担任汴京留守兼开封府尹。

强将手下无弱兵，宗泽手下有一支特别勇敢的队伍，士兵就是先前他从金华、义乌一带招募的子弟兵。他们身强力壮，武艺高超，每个士兵的脸上都刺有“赤心报国，誓杀金贼”八个字。他们立下军令状，要北上抗击金兵。这就是历史上“威震河朔”的“八字军”。

甘肃敦煌莫高窟北魏壁画上的庖丁在制作火腿。

“八字军”在宗泽的率领下所向披靡，大败金兵，收复了很多失地。

有一次，宗泽率领自己的“八字军”乘船途经老家金华时，父老乡亲们杀了上千头肥猪慰问他们。因为一时吃不了，宗泽便让手下把剩下的猪肉先风干，然后撒上盐放进船舱里，再严严实实地盖上船板密封起来，而后开始动身北上。

两三个月后，宗泽率军到达驻地。待开舱一看，猪肉全变成火红色的了，光彩夺目，不但没有异味，而且还有一股扑鼻的香气，做熟了之后更是鲜美无比。

因此，每次打仗回来，宗泽都会让大家吃一顿家乡的腌肉。大家吃着家乡的腌肉，想起了故土的亲人，杀敌更加勇猛了。

我国民间的火腿行业，将抗金名将宗泽奉为祖师爷。

有一次，他们出征凯旋临近中秋，宗泽感觉自己腌制的那些猪肉味道不错，便挑选了几只最好的咸猪腿带去京都，献给皇上。

皇上和文武百官品尝了咸猪腿肉后，赞不绝口。于是，宗泽就请大家给这咸猪腿肉取一个名字。文武百官你一言我一语地议论开了，都说咸猪腿肉味道独特，色泽鲜红如火，就叫它“火腿”吧。

从此，一传十，十传百，“火腿”的名气越来越大，也愈来愈得到世人的喜爱。为了纪念抗金英雄宗泽，我国民间的火腿制作业便尊他为祖师，火腿店里还悬挂宗泽的画像进行供奉。

意大利著名旅行家马可·波罗归国时，把火腿腌制技术带回欧洲，之后西方才有了真正意义上的火腿。

到了元代，我国民间火腿的腌制方法才由意大利著名旅行家马可·波罗传往欧洲等地。至今，意大利、法国等民间制作的火腿，仍保持着中国火腿的传统特色。

明代时，火腿已经被官府列为派征的物产。据万历三十四年（1606年）编撰的《兰溪县志》记载，当时仅金华火腿的年产量已高达十多万只。到了清代，火腿制作技术遍及南方各地，但仍以金华火腿为代表。

在我国民间火腿发展的过程中，各地由于饮食风俗、习惯不同，在制作技术上也有一定的区别，于是形成了不同风格、不同风味的火腿，品种主要有南腿、北腿和云腿三个大类。

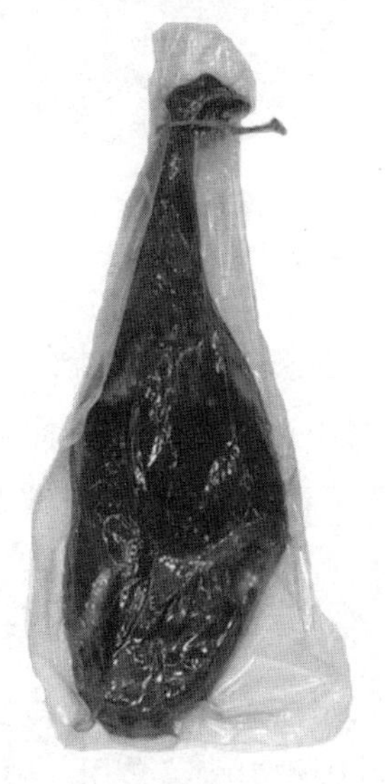

享誉世界的美食——浙江金华火腿。

南腿的产地，在浙江省的金华、衢州、丽水、杭州、宁波、绍兴等地；北腿产于江苏如皋、如东、东台、泰兴一带；云腿产于云南宣威、会泽、曲靖、昭通，贵州省的威宁、盘县、水城等地及四川省的部分地区。其风味更是各具特色，如糖腿、熏腿、竹叶熏腿、甜酱腿、川味火腿，等等。时至今日，火腿仍然是深受人们喜爱的美食之一。

从弃儿到茶艺高手

中国是世界茶树的原产地，也是利用茶叶最早的国家。中国历史上最早的茶叶，是以药用的身份出现的。

相传在远古时期，神农为了医治人间疾病，上山遍寻药草。他边采边尝，一天中竟尝了七十二种药草。药草中的毒性令他头晕目眩，浑身不舒服。

清代民间制壶高手陈曼生创作的提梁紫砂壶。

于是，神农便坐在树荫下歇息。正在这时候，一阵风吹来几片茶树叶。他习惯性地捡起一片放在口中，茶树叶的味道非常苦涩。可是过了一会儿，他开始觉得身体舒畅起来，头也不晕了，而且口中还残留有缕缕清香。

明代医学家李时珍在《本草纲目》一书中记载：“茶苦而寒，最能降火，又兼能解酒之毒，使人神思爽，不昏不睡。”由此可见，在古代权威医学家的眼中，茶的药效甚佳。

最初，人们大都将茶叶放入水中煮，茶汤作药用，嫩叶则作为蔬菜食用。随着时间的推移，茶慢慢变得珍贵起来，只为皇家御用。自然而然，茶成为一种奢侈的饮品，有钱人士仅用它们宴请上宾。

这是一件宋代的红陶茶碾，它可以将茶饼碾成细末，便于煎出茶汁。

随着种茶技术的推广，茶叶的产量逐渐增大。茶叶作为一种常用饮品，开始走进寻常百姓家。唐代是封建文化的顶峰时代，也是茶文化形成的主要时期。当时，不论皇亲国戚、王公贵族，还是文人雅士、黎民百姓，都喜欢饮茶。

据唐代文人封演撰写的《封氏闻见记》记载，开元年间，各城镇均开有多家茶铺。茶的流行，甚至成为时人开门七件事之一，即所谓的“柴、米、油、盐、酱、醋、茶”。

在这一时期，茶叶也开始向其他国家传播。当时，日本有大批僧人来中国留学，高僧最澄禅师和空海禅师在中国天台山国清寺留学，回国时带走大量茶籽栽种于日本滋贺县。此后茶叶又传入高丽，并远销波斯（今伊朗）等国。唐宋时期，茶叶和瓷器一样，成为中国文化的象征，各国的贵族均以饮茶为荣。

在制茶工艺上，唐代创制了煮青茶团，宋代在唐代的基础上创制了煮青散茶，明代创制了炒青绿茶、黄茶、黑茶、红茶、花茶等，清代又创制了白茶、乌龙茶等。

17 世纪，中国茶叶先后到达荷兰、英国、法国等国家。到 18 世纪，喝茶已风靡整个欧洲。与此同时，茶叶又同移民一起到达美洲新大陆，美国也开始风行喝茶。

在中国博大精深的茶文化世界里，至今仍有一部广为流传的宝典，那就是唐代陆羽所著《茶经》。

相传，唐朝开元二十三年（735 年），陆羽因相貌极为丑陋而被

过去我国民间的茶农在种植和炒制茶叶时使用的部分工具。

遗弃，那时候他才 3 岁。后来，智积禅师将他抚养长大。

陆羽虽身在庙中，却不愿终日诵经念佛，而是喜欢吟读诗书。他执意下山求学，却遭到智积禅师的反对。智积禅师为了让陆羽放弃这个念头，同时也为了更好地教育他，便让他学习种茶。

唐代陆羽从弃儿到茶艺大师的巨大成就，使其最终成为我国民间茶叶行的祖师爷。

在钻研茶艺的过程中，陆羽有缘结识一位精通茶道的隐者。那位隐者被陆羽的真诚感动之后，便收他为徒。陆羽不仅学会了复杂的茶艺，还学会了不少读书做人的道理。

当陆羽将一杯热气腾腾的紫笋茶端到智积禅师的面前时，智积终于答应了他下山求学的要求。

从此之后，他一面交游，一面著述。期间，他先后结识了灵澈、张志和、孟郊、李冶、刘长卿等名僧高士。之后，他开始对以往收集到的有关茶叶历史和生产的资料进行汇编和研究。765 年，陆羽终于创作完成了世界上第一部茶叶专著《茶经》，从而把中国的茶艺文化发扬光大。

因此，陆羽被后世尊奉为“茶圣”，成为茶叶行的始祖。时至今日，大凡经营茶叶的生意人，多把用陶瓷做成的陆羽塑像，供奉在家中或店铺里。人们认为，陆羽的塑像能够保佑生意兴隆。

各种各样的茶饼，在静静地等待着岁月的浸泡。

忽必烈赐名“涮羊肉”

涮羊肉，又称“羊肉火锅”，是我国北方民间冬季时节深受大众喜爱的美食。你想，在寒冷的冬天里，室外北风凛冽，大雪纷飞，室内人们围坐在热气腾腾的火锅前，一边将切成薄片的羊肉放进沸腾的汤料里烫熟后蘸着佐料品尝，一边谈笑风生、谈古论今，那的确是一件惬意无比的事情。

涮火锅，在我国民间深受大众喜爱。

说起涮羊肉，我们有必要先来了解一下火锅的历史。涮羊肉的器具、制法及调味等，虽然经过上千年的演变，但有一点是没有改变的，那就是用火烧锅，以汤导热，煮涮食物。这种烹调方法，早在商周时期就已经出现了。据西汉韩婴撰写的《韩诗外传》记载，古人在祭祀或庆典时，要“击钟陈鼎”而食。

所谓“击钟陈鼎”，就是众人围在鼎的周边，将牛肉、羊肉等食物放入鼎中煮熟分食。这就是火锅的萌芽。

据北齐魏收所撰《魏书》记载，三国时期，在曹丕称帝时已经出现了铜制的火锅，只是当时还没有流行。到了北宋时期，汴京开封的酒馆内，冬天已经有火锅应市。

宋代文人林洪在《山家清供》中，生动地记述了一件吃火锅的事儿。他们结伴冬游武夷山时，在雪地里捕捉到一只野兔。他们将兔肉切成薄片，放到火锅里煮熟，蘸着椒粉、麻酱、细盐等佐料大快朵颐。在讲完涮兔肉之后，林洪还总结说，不仅兔肉可以用来涮食，猪肉、羊肉皆可。

鼎，是火锅的萌芽。这是西周时期的青铜方鼎。

由此可见，涮羊肉这道美食很可能在元代之前就已经出现了。然而，我国民间仍喜欢将元世祖忽必烈作为这道美食的创始者。而以火锅为业的商家，也将忽必烈奉为本行业的祖师爷。

相传，元世祖忽必烈在一次南侵时，竟连续打了七天败仗。后来，他率兵退却到一座山谷中。因为无粮无米，士兵们士气低落。

在这种危急的情况下，忽必烈唤来大将军哈密史，要他带人马到山上去捕捉飞禽走兽，以解军中饥荒之苦。大将军哈密史领命，亲自带领人马，跑遍了所有的山沟旮旯，也没有找到猎物。

然而，他们却意外发现了几只因农人慌忙躲避战乱而未来得及牵走的山羊。忽必烈十分高兴，吩咐部下赶紧将山羊宰杀煮着吃。

正当伙夫宰羊割肉时，军中探马飞奔进帐禀报，后面有大队人马追杀而来，离此地仅有十里多路。但饥饿难耐的忽必烈一心等着吃羊肉，他一边下令部队开拔，一边催要羊肉。厨师暗自叫苦："清炖羊肉是来不及了，可总不能把生羊肉端上去给主帅吃吧？"

我国民间的火锅业，尊奉元世祖忽必烈为始祖。

这时候，只见忽必烈大踏步朝他走来。厨师深知忽必烈性情暴躁，于是急中生智，飞快地切下十多片薄肉，放在沸水里搅拌了一下，待肉色一变，马上捞到碗里。然后，他在上面撒上细盐、葱花、姜末，双手捧给已走到灶前的忽必烈。忽必烈抓起肉片送进嘴里，接连几碗之后，他挥手掷碗，翻身上马，终于率军突出重围。

后来，忽必烈登上了元朝开国皇帝的宝座。一天，他突然想起那件吃羊肉的军中旧事，于是在宫廷大宴群臣时，令宫廷御厨如法炮制当时的美味羊馔。

这次，厨师们精选了绵羊腿部的“大三叉”，把肉切成均匀的薄片，再配上腐乳、麻酱、辣椒、韭菜花等多种佐料。群臣吃后都赞不绝口，忽必烈更是食欲大开。

这道菜虽说鲜美无比，却没有名字，因此群臣纷纷请忽必烈赐名。忽必烈一边涮羊肉，一边笑着说：“依朕之见，就叫‘涮羊肉’，众爱卿以为如何？”

清代乾隆皇帝吃火锅成癖，他曾经在皇宫内举办过规模宏大的千叟火锅宴。

从此，涮羊肉成为宫廷的一道佳肴。

明清时期，涮火锅愈加兴盛起来。清宫御膳食谱上有“野味火锅”，用料是山雉等野味。乾隆皇帝吃火锅成癖，他曾多次游江南，所到之地都提前备好火锅。相传，他于嘉庆元年正月在宫中大摆千叟宴，全席共设火锅 1550 多个，应邀品尝者达 5000 余人，这成为历史上最大的一次火锅盛宴。

北京“东来顺”羊肉馆，开启了民间火锅美食之先河。

但在此期间，有资格品尝羊肉火锅的，仍然是那些王公贵族。因此，涮羊肉仍是一道“贵族菜”。

直到光绪年间，北京“东来顺”羊肉馆的老掌柜买通了太监，从宫中偷出涮羊肉的佐料配方，才使这道美食传至民间，并为普通百姓所享用。

名扬天下的涮羊肉，推动了各地火锅业的发展，出现了百锅千味的局面，如广东的“海鲜火锅”、重庆的“毛肚火锅”、云南的“滇味火锅”、杭州的“三鲜火锅”、东北的“白肉火锅”、苏州的“菊花火锅”、上海的“什锦火锅”、香港的“牛肉火锅”，等等。它们都别具风味，诱人食欲。

这些火锅与涮羊肉一样，堪称寒冬里的“席上春风”，令每一位食客津津乐道。

第二辑　艺术表演篇

梨园“鬼才”唐玄宗

中国民间的戏曲艺术，源于原始时期的歌舞。到汉代时，民间才出现了具有表演成分的“角抵戏”，其中尤以《东海黄公》最为著名。因此，戏曲艺术在我国已经有两千多年的历史。

汉代观伎画像砖上面，伎人在鼓、排箫的伴奏下，做跳瓶、巾舞等表演。

在我国民间，人们习惯称戏班、剧团为“梨园”，称戏曲演员为“梨园弟子”。据传，这种称谓的来源跟唐玄宗李隆基有着十分密切的关系。

唐玄宗前期，国家统一，经济繁荣，文化昌盛。当时，有许多亚非国家的使臣、学者、商人纷纷云集长安。在中外文化交流的影响之下，唐朝的音乐得到空前发展。

生性浪漫的唐玄宗，被奉为梨园行的祖师爷。

唐玄宗酷爱音乐，6岁时即能歌善舞，显露出极强的音乐天赋。他还精通多种乐器，如横笛、琵琶、羯鼓等，且演奏技艺十分高超。

公元741年，他将原来隶属太平寺的倡优和杂技人才划分出来，设立左右教坊。之后，他又挑选优秀乐工数百人，在禁苑的梨园进行专门的训练。

唐中宗在位时，梨园只不过是皇家禁苑中与枣园、桑园、樱桃园、桃园并存的一个果木园而已。果木园中设有离宫别殿、酒亭球场等，是供帝后、皇戚、贵臣游乐宴饮的场所。后来经过唐玄宗李隆基的大力倡导，梨园的性质发生了很大的变化，它由一个单纯的果木园，逐渐成为一所演习歌舞、戏曲的梨园，也是我国历史上第一所集音乐、戏曲、舞蹈于一处的综合性“艺术学院”。

在戏曲表演中，生角所穿的服饰。

梨园子弟分为“坐部”“立部”和“小部”。“坐部”大都为优秀演员，乐工坐在堂上演奏，舞者大抵为2~12人，舞姿文雅，用丝竹细乐伴奏；“立部”是一般演员，乐工立在堂上演奏，舞者60~80人不等，舞姿雄壮威武，伴奏的乐器有鼓、锣等，音量洪大；“小部”为儿童演出队。此外还设有舞部，它又分为“文舞”和“健舞”。像这样庞大的男女演员兼有的皇家音乐、戏曲、舞蹈学院，出现在一千多年以前，是世界罕见的。

李隆基亲自担任梨园的崔公，相当于现在的校长。崔公以下有编辑和乐营将两套人马。李隆基曾亲自为梨园搞过创作，还经常指令当时的翰林学士或有名的文人编撰节目，如诗人李白、贺知章等都曾为梨园创作过节目。雷海青、公孙大娘等人，都曾担任过乐营将的职务。他们不仅自身具有极高的才艺，而且还是诲人不倦的导师。

在戏曲表演中，演员所佩戴的头饰。

李隆基喜欢“仙游”的题材，他本人参与创作、改编的有《霓裳羽衣》《紫云回》《凌波曲》等。这些作品对后世具有极大的影响，被广为传颂。李隆基依靠这些杰出的创作人员和导演，在当时造就出一大批表演艺术家。

公孙大娘舞剑的雕像，好像在诉说着一段古老的传奇。

教坊中最有名的男演员是黄幡绰，他的才艺品德在盛唐时首屈一指，世称“滑稽之雄”。他善于表演参军戏，颇为滑稽搞笑。唐玄宗特别喜欢看他的表演，甚至到了“一日不见，龙颜为之不舒”的程度。黄幡绰经常借戏喻今，谏言其主。

张野狐是跟黄幡绰同时代的人，也擅长表演参军戏，又擅长众多乐器的演奏。安史之乱时，张野狐曾跟随唐玄宗一起去四川避难，并一同返回京城。途中，他为唐玄宗编创了《雨霖铃》和《还京乐》两支曲子。

唐代大诗人杜甫在观看了公孙大娘的剑舞表演之后，对她那豪迈奔放的舞姿，曾如此赞叹：“来如雷霆收震怒，罢如江海凝清光。”

据说有一位名叫张旭的书法家，在观看了公孙大娘的剑舞之后，草书有了很大的长进。

元代杂剧作家关汉卿，是中国戏曲艺术史上一座伟大的丰碑。

在唐玄宗的大力倡导之下，唐代的戏曲艺术得到了空前的繁荣发展。以后的宋、元、明等朝代，也都设有教坊司。元代，是中国戏曲史上的一个重要时期，它以元曲而闻名于世。而在元曲中影响最大的，当属“元杂剧”。元杂剧，以质朴自然取胜，后世的戏曲文学无出其右者。关汉卿、王实甫、白朴、马致远等杂剧作家，使元杂剧的发展登上巅峰。

清朝雍正七年（1729 年），教坊司

清代画家沈蓉圃笔下的《同光十三绝》。

被改为“和声署”，其任务与教坊司基本相同。清代前期的戏曲舞台发生了极大的变化，主要表现为戏曲的民间化和通俗化，先是昆曲、高腔折子戏的盛行，后是地方戏的兴起。

清朝乾隆皇帝80岁大寿时，特召当时著名的旦角演员高朗亭率“三庆”徽班进京表演，为自己祝寿。演出结束之后，“三庆”徽班便留在了北京，在民间进行演出，深受百姓欢迎。

继“三庆”之后，又有“四喜”“启秀”“霓翠”“和春”“春台”“三和”等徽班陆续进京演出。由于徽班演出技艺高超，剧目丰富，并善于吸取其他剧种的长处，因此它在北京迅速发展起来。其中，以“三庆”“四喜”“春台”“和春”四班的影响最大，故而它们有“四大徽班”之称。

徽班的兴起，使京城的昆腔、弋阳腔日渐衰落。昆腔、秦腔、京腔演员不断搭入徽班，再加上汉调进京，徽、汉合流之后，徽班的腔调、剧目更为丰富，从而形成了以皮黄为主的京剧。

民国时期，京戏已成为当时社会上的一种风尚，戏院里总是人山人海。

中国戏曲艺术的发展史，自身就是一部波澜壮阔的曲目。“鬼才”皇帝唐玄宗，以其在音乐、戏曲艺术舞台上的巨大成就，被后世的梨园界尊奉为祖师爷。

幽默大师东方朔

相声，是一种雅俗共赏的幽默艺术。它正式兴起于1870年前后，即清代的道光、咸丰年间，但历史却十分悠久，如先秦时期的俳优，隋唐时期的“说话”（说笑话）、参军戏以及宋代的“像声”等。

相声艺术在很长的一段时间内，其表演形式犹如口技。这是元代口技艺人的砖雕像。

最初的相声表演是模仿各种声音，如模仿人声、鸟鸣、兽叫、风声、水声及其他各种自然的声音，如同今天的口技。战国时期，孟尝君的门客依靠模仿鸡鸣，解了孟尝君的燃眉之急，使其摆脱秦昭王的暗算，安全返回齐国。由此看来，孟尝君的那名门客或许就是相声的先行者。

相声的表演形式有单口、对口、群口三种。顾名思义，单口相声，是由一个演员表演，讲述笑话；对口相声，是两个演员一问一答，通常又有“逗哏”和“捧哏”之分；群口相声又叫“群活”，则由三个以上演员进行表演。

相声，是一门深受大众喜爱的民间艺术，给人们带来无数的欢乐。

传统相声的题材，以讽刺社会各种丑恶现象和通过诙谐的叙述反映生活现象为主。传统剧目有《关公战秦琼》《扒马褂》《戏剧与方言》等二百多个，其中反映现实生活的作品，以《帽子工厂》《买猴》《昨天》等影响最大。

已故著名相声表演艺术大师马三立的蜡像。

相声艺术，在北京、天津盛行较早。清末民初，北京著名的相声演员有“八德”，即裕德龙、马德禄、李德锡、焦德海、刘德志、张德泉、周德山、李德祥。他们除了在北京演出，还经常到天津及全国其他城市演出。新中国成立之前，天津的著名相声演员有被誉为“幽默大师”的张寿辰、马三立、侯宝林等。

据云游客的《江湖丛谈》记载，第一个进行相声表演的艺人是张三禄。他原本唱八角鼓，以精工旦角而出名。后来，张三禄受人排挤，愤而“撂地”说起了相声。因此，最早的相声是单口。

此后，艺人朱绍文也开始说相声。他跟张三禄虽不是正式师徒，却称张三禄为师父。他在说相声时，手里用的竹板上刻有“满腹文章穷不怕，五车书史落地贫”，故而他的艺名叫“穷不怕”。

朱绍文原来是学京戏的，唱小花脸。清朝规定不能天天唱戏，在斋日、祭日期间，不能动响器。这些不能表演的日子加起来，每年得有五六十天。若赶上所谓的“国孝”，即皇帝、皇后或太后死了，二十七个月都不准唱戏。

已故著名相声大师马季的泥塑像。

但艺人要吃饭，也要养家糊口，朱绍文无奈便在路旁街头，手拿两块竹板（不禁止）作响器，唱几段小花脸数板，再说几段小故事，然后向观众要钱。为此，他还研究了不少小段子，如《青菜名》《百兽名》《百鸟名》等。

他绘声绘色的表演，深得群众的喜爱。于是，朱绍文正式以说相声为业，当戏班子再邀他去唱戏时，他就婉言谢绝了。

从此以后，他也开始带徒授艺。

“穷不怕”朱绍文，是老北京的“天桥八大怪”之一。

相声有了师承，就形成了行当。1894 年，慈禧太后为庆贺 60 岁寿辰，将天桥的摊贩和艺人传到颐和园北门外摆摊营业。慈禧太后对八位艺人的表演非常满意，顺口赞其为“天桥八大怪”，朱绍文为“天桥八大怪”之首。所谓的“天桥八大怪”，即“穷不怕”（说相声），“处妙高”（模仿各种唱腔），“弦子李”（一人班），“赵瘸子”（表演盘杠子），“傻王”（大力士），“万人迷”（学唱二簧），“胡胡周”（学唱梆子），“楞李三”（耍八大锤）。

此后，相声艺术形成了以朱绍文、阿彦涛、沈春和为代表的三个派别。说相声不再局限于单口，对口相声和群口相声相继出现。这也完成了由“像声”到“相声”的艺术转变。

西汉著名文学家东方朔，因性情幽默诙谐，且敢于讽谏，被后世的相声艺人奉为祖师爷。

过去，艺人们往往将历史上的名人推为本行当的祖师爷，相声自然也不例外。相声艺人是把汉代的东方朔奉为祖师爷。

东方朔，字曼倩，平原郡厌次县（今山东省陵县神头镇）人，西汉著名的文学家，以精于辞赋而著称。汉武帝时，东方朔初为常侍郎，后升为太中大夫给事中。他因滑稽狂放，才思敏捷，深得汉武帝的赏识。

有一次，东方朔在陪汉武帝赏花时，

见汉武帝将嘴唇撅得高高的，正凑近花朵闻香味，就打趣道："陛下的嘴唇是真够长啊！"

民国时期，相声演员在表演时大都身着长衫，这一习俗沿袭至今。

汉武帝异常得意地说："那是，人中过三寸能活百岁啊！"

东方朔抓住了话柄儿，盯着追问道："陛下金口玉言，令微臣茅塞顿开，但有一事不明，请陛下指点迷津。"

汉武帝正在兴头上，挥了挥手说："但讲无妨，朕准保有问必答。"

东方朔不紧不慢地说："刚才陛下说，人中过三能活百岁。最近臣听说从前有位彭祖寿长八百，那他的人中得有多长呢？"一句话把汉武帝问得张口结舌。

传说，东方朔是太白星精，曾三上王母娘娘的蟠桃园偷桃而食。今天，我们从古代流传下来的一些画作中，仍然可以看到东方朔偷得仙桃后，悠然自得的滑稽身形。

其实，东方朔是一个"隐于朝"的人。而后世的相声艺人，因其滑稽多智，敢于讽谏，故而将他奉为鼻祖。

双目失明的音乐天才

音乐，是人类历史文明发展的精神支柱之一。每一个民族和国家，都有自己喜爱的音乐，以及演奏家、作曲家和歌唱家。

陶埙，是新石器时代的先民们发明的一种吹奏乐器，它和骨笛被视为现代乐器的始祖。

中国音乐的历史源远流长，要比我们常说的“上下五千年”还要久远。在距今八九千年前的新石器时代早期，先民们就已经懂得烧制陶埙和刻制骨哨骨笛。这些原始的乐器，无可置疑地告诉后人，当时的先民们已经具备对音乐的审美能力。

根据古代文献记载，远古时期的音乐具有歌、舞、乐互相结合的特点。葛天氏部族中的“三人操牛尾，投足以歌八阙”的乐舞，就是最好的证明。

在不少古代典籍中，都有关于女娲发明笙簧、伏羲发明瑟、神农发明琴、黄帝发明清角、伶伦创制音乐十二律的记载。虽说这都是一些民间的传说，不足以为据，但却从一个侧面反映出我国音乐历史之久远。

夏商时期，特别是西周，朝廷已经开始设立掌管音乐的官员，那时候有了磬石、钟鼓与雅乐。到了春秋战国时期，音乐有了巨大的发展。我们如今读到的《诗经》三百篇，在当时既可弹唱，又可舞蹈。另外，诗中提及的乐器有琴、瑟、箫、鼓等29种之多。

秦汉时期，开始出现了“乐府”。此时，大批具有较高音乐素养的乐工在里面供职，专门搜集、整理和改编民间音乐，成就斐然。每到宴饮、朝贺、祭祀等重大场合，便会有大量乐工进行集体表演。

青铜编钟兴起于西周，盛于春秋战国直至秦汉时期。

三国时期，被誉为“竹林七贤”之一的嵇康，就是一位著名的琴家。他根据自己多年的弹奏经验，撰写了《琴赋》一书，其中有“徽以钟山之玉”的记载。这说明，当时的人们已经知道古琴上徽位泛音的产生。除嵇康之外，当时还有像阮籍等一大批文人琴家出现，并诞生了《广陵散》《猗兰操》《酒狂》等许多著名的曲目。

到了唐代，政治稳定，社会经济兴旺。统治者奉行开放政策，勇于吸收外族文化，于是迎来了以歌舞音乐为主要标志的艺术高峰。唐代宫廷宴享的音乐，被称为“燕乐”。

燕乐包括多种音乐形式，如声乐、器乐、舞蹈、百戏等。其中，多段的大型歌舞曲被称为“大曲”，它在唐代燕乐中具有突出的艺术成就。

中国是一个有着数千年音乐传统的国家，也是一个重视音乐教育的国家。数千年来，那些具有极高音乐素养的音乐家们，用生命的热情和艺术的灵性谱写出无数荡涤心灵的乐曲。

在数千年的音乐文化发展过程中，曾涌现出许许多多留名青史的演奏家和歌唱家。那么，谁是中华音乐文化的始祖呢？后世的乐师们大都奉师旷为本行业的祖师爷。

战国时期的石质乐器——编磬。

师旷，名旷，字子野，春秋时冀州南和人。他生活于晋悼公、晋平公时期，即公元前6世纪，早于孔子。师旷是位盲人，善于辨别音律，故有“乐圣”的美誉。

据说，师旷并非天生就是一个盲人，至于他失明的原因，民间一直流传着这样一个故事：

清代瓷塑“伯牙抚琴”，一曲《高山流水》奏出了千古美谈。

有一年，卫国的宫廷乐师高扬来到仪邑（今开封）招收学生。少年时的师旷酷爱音乐，便慕名前来投师学琴。他聪明过人，但就是天性爱动。在听讲时，他东张西望，不能定下心来认真学习。与他一起学琴的学生大都顺利出徒，只有他一事无成。

当着众多学生的面，师父欲赶他回家，师旷羞愧得无地自容。回到寝舍之后，师旷一狠心，用绣花针刺瞎了双眼，并发誓一定要勤奋练琴。

从此，高扬精心向师旷传授琴艺，师旷也发奋苦练。最终，长江后浪推前浪，师旷的琴艺超越了师父。

师旷有着非凡的音乐才能，他不仅熟悉琴曲，并善于用琴声描绘飞鸟的翱翔、鸣叫，还能表现大自然中风雨雷电等发出的震撼人心的种种音响。

笙，是我国民间的传统乐器，多由13根长短不同的竹管构成。

师旷的听觉比晋国的铸钟工还要灵敏，有很强的辨音能力。因此，在汉代以前的文献里面，常常以他代表音感特别敏锐的人。

有一次，晋平公令国内的铸钟高手铸造了一口大钟。师旷听过钟音之后，认为大钟的音律不准，便直言相告。晋平公听了不以为然，后来，卫国乐律大师师涓证实，果真如此。

师旷虽然说只是一名乐官，一生均

在宫中生活，可是他的地位却不同于一般乐工，他是一位重于艺术、敢于直谏的音乐家。他对政治有着独到的见解，敢于在晋君面前发表自己的治国主张。

师旷虽然是个盲人，却有着非凡的音乐才能，被后世的音乐界尊为祖师。

有一次，晋平公感叹师旷眼瞎，饱受昏暗之苦，师旷则言天下有五种昏暗：其一是君王不知臣子行贿博名，百姓受冤无处伸；其二是君王用人不当；其三是君王不辨贤愚；其四是君王穷兵黩武；其五是君王不知民计安生。师旷甚至曾用琴撞击晋平公，以规劝晋平公勿沉湎于个人享乐。

古琴，是中国古代音乐的一个极其重要的象征。

到了晚年，师旷已精通星算音律，撰写了《宝符》一书。明清时期的琴谱中，《阳春》《白雪》《玄默》等传世名曲均题为师旷所作。正是因为师旷在音乐文化上取得的伟大成就，后世将他尊奉为音乐行业的祖师爷。

吕洞宾教杂耍

中国的杂技艺术历史悠久，源远流长，是中华民族宝贵的文化遗产。我国有许多杂技之乡，如河北的吴桥、江苏的盐城、山东的聊城、安徽的广德、天津的武清、河南的濮阳、湖北的天门，等等。

这是东汉画像石上的“百戏图”，当时伎人们表演的杂技节目已经十分成熟。

杂技，在汉代被称为“百戏”，隋唐时期则叫“散乐”，唐宋以后，为了区别于其他的歌舞、杂剧，才称为杂技。

追根溯源，我国的杂技孕育于中华原始文化之中。它的起源，与古代先民们的劳动生活、部落战争以及原始宗教、乐舞密不可分。

这组泥塑作品所表现的，是民间杂技艺人表演蹬大缸时的情景。

大约在新石器时代，就已经产生了杂技的萌芽。原始人在狩猎过程中，逐渐形成了一种娴熟的劳动技能，同时在自卫攻防中，创造出了超强的体能和武技。他们在休息和娱乐时，通过一些自娱的游戏来表现猎获和胜利的欢快，这就形成了原始的杂技艺术。

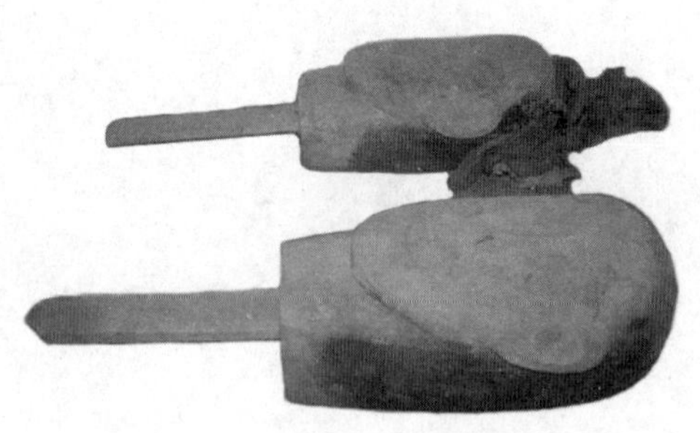

民间杂技艺人在表演“二鬼摔跤”时使用的道具木人。

春秋战国时期，列国兼并激烈，群雄角逐，竞相收养门客。在众多门客之中，有出谋划策、能言善辩的说客，更多的是身怀奇艺绝技或勇力过人的大力士。于是，杂技这门艺术开始崭露头角。杂技最先发展的种类，就是力技。

战国四公子及秦相吕不韦收养的门客，数以千计。在这些门客里面，有武士、甲士、力士，他们的出现为杂技艺术的发展提供了必备的条件。孔子的父亲叔梁纥，就是以力大无比而闻名诸侯。据说，在一次诸侯征战中，他曾用双手托住千金重的闸门。

在我国古代文献中，很早就有了关于杂技艺术的记载。《列子》中有这样一段记载：周穆王时期，从西极来了一位幻术大师，他不仅能自由出入水火，而且还能悬空不坠和穿墙越壁。这些，其实就是我们今天所见的魔术表演。

吴桥杂技艺人表演的“上刀山”节目，它需要表演者具有一定的硬气功功底。

西汉经学家刘向在《列女传》中，还记载了战国时期的遁术：有一次，齐宣王在饮宴中与钟离春闲话。钟离春有意向齐宣王展示自己的绝技，说：“卑人平常喜欢隐身。”齐宣王惊讶不已，便提出让她表演一番。话未说完，钟离春已不见踪影。齐宣王大惊。很显然，这位钟离春是位擅长遁术的方士之流。春秋战国时期，众士善技，这为后来杂技艺术的发展与壮大提供了得天独厚的条件。

汉武帝刘彻，是一位具有雄才大略的帝王，他特别喜欢杂技艺术。据《史记·大宛列传》记载，汉武帝为了夸扬国家的富庶和广大，在元封三年（公元前 108 年）的春天，召集了许多外国来宾，布置了酒池肉林，举行了盛大的宴会和赏赐典礼。

伴着铜锣声，一只猴子带着面具做表演，这样的情景在过去的市井经常会出现。

在宴会上，演出了空前盛大的杂技乐舞节目。节目中有各式角抵戏，有“七盘”和“鱼龙曼衍”，以及戏狮搏兽表演。在那次盛会上，还有许多国外的杂技艺术家前来献艺，他们表演了吐火、吞刀、屠人等精彩的魔术节目。这些场面盛大的杂技表演，使四方来宾大为惊叹。

唐代，是中国封建社会经济发达的时期，乐舞杂技艺术空前繁荣。在当时的文人墨客当中，有不少人吟咏过杂技艺术。唐人封演在《封氏闻见记》里面，便详细描述了宫廷的绳技、高跷、人上叠人等高超的技艺。

公孙大娘是开元盛世时唐宫的第一舞人，以舞剑器而闻名于世。

在唐代的杂技节目中，“载竿”的水平极高。“载竿”的表演内容不少，如“顶竿”“爬竿”“车上竿戏”“掌中竿戏”，等等。

唐人李冗撰写的《独异记》，记载了一位身怀顶竿绝技的女艺人，她能够头顶长竿载 18 个人来回走动。正是因为有此种神技，唐代达官贵人的出行仪仗往往以“载竿”表演为前导。

到了宋代，杂技艺术已经诞生了数十个节目。那时候，有些走索的艺人能够肩挑着一担水，稳稳地在绳索上走来走去。由此可见当时的杂技艺术水平之高。

过去，那些跑江湖的杂技艺人们，在开场表演之前，大都要说这样一句开场白："天地无所求，拜吕祖，学套把戏走江湖。"这是因为杂耍行的艺人们，一直将吕洞宾奉为本行业的祖师爷。

在我国民间，吕洞宾是一位妇孺皆知、香火占尽的人物。唐宋以来，他与铁拐李、汉钟离、蓝采和、张果老、何仙姑、韩湘子、曹国舅并称为"八洞神仙"。

据记载，吕洞宾，名岩，号纯阳子，生活在唐代德宗时期。传说吕洞宾20多岁时，曾两次进京参加殿试，因不屑于贿赂，虽屡被考官举荐，却一直未登上皇榜。一气之下，他便打发书童和家人回乡，而他只身一人开始了云游四海的生涯。

在64岁时，他遇到"八仙"之一汉钟离。他从汉钟离那儿学来炼丹的秘诀后，便隐居终南山炼丹修道数十年之久，最终修成正果。吕洞宾修成神仙之后，便下山云游四方，为百姓解除疾病之苦，却从不要任何报酬。他一生乐善好施，扶危济困，深得百姓的敬仰。

吕洞宾成为杂耍行的祖师，在民间还有这样一个传说：在很久以前，有一个举人受到奸臣的陷害，一气之下，欲弃文从戎。可是他身体孱弱，手无缚鸡之力。后来，有人劝他去拜吕洞宾为师，保证能练得一身好武艺。

明代宫廷画师所绘《明宪宗行乐图》，有名目众多的杂技表演。

可是，那名举人走遍了三山五岳，苦寻了三年也没有找到吕洞宾。有一天，他走进一座深山，山间飘起了浓雾，他竟迷失了方向。他走得精疲力竭，也没找到下山的路。待浓雾散尽之后，他忽然发现有一位道人坐在一棵松树底下打坐。那位道人，正是他苦寻而不得的吕洞宾。

我国民间的江湖杂耍艺人，将“八仙”之一的吕洞宾奉为祖师爷。

原来，在这三年的时间里，吕洞宾在故意考验他的意志，并借此锻炼他的身体。最终，吕洞宾答应收那名举人为徒。只是那名举人不具备成仙的条件，也不是习武的材料，吕洞宾思忖再三，决定不教他参悟阴阳五行之方，也不教他治国安邦的武艺，而是传授给他360套杂耍。

因此，我国民间的杂技艺人均奉吕洞宾为本行的祖师爷。每年农历四月十四，据传是吕祖的生日。杂技艺人们在这一天都要为他设坛祭拜，以示诚心，并求其保佑卖艺之路一帆风顺。

评书大王柳敬亭

说唱艺术，在中国有着非常悠久的历史，这是汉代的击鼓说唱俑。

评书，是我国古代劳动人民创造的一种口头文学，深受大众的喜爱。它的历史十分悠久，早在春秋战国时期就已经有了“说书人”。如诸子百家游说诸侯，经常旁征博引，用故事做比喻，实际上这就是早期的“评书”。

这一徒口讲说的“说书”类曲艺形式，因地区不同而名称各异。我国北方的京津一带称其为评书，而东北则称其为评词；到了南方的江浙、福州一带叫作评话，而湖北、四川等地则仍叫评书。

这种现象，与我们平常所说的“橘生淮南为橘，生淮北则为枳”是同一个道理。究其本质，评书与评话实无分别，只不过是南北两个不同的艺术分支罢了。

传统的评书、评话题材，大致分为三个方面：一是金戈铁马，称为“大件袍带书”，主要表现敌我攻占、朝代更替、忠奸争斗、安邦定国等内容，如《隋唐演义》《杨家将》《东周列国》《大明英烈传》等；二是绿林侠义，又称“小件短打书”，描述结义搭伙、除暴安良等内容，如《水浒传》《三侠五义》《八窍珠》等；三是烟粉灵怪，主要是以神话传说为原型创作，多表现神异鬼怪、狐妖蛇仙

泡一壶香茶，坐在书场里听评书艺人讲古道今，对旧时的百姓来说是一件非常惬意的事情。

等，如《西游记》《封神榜》《聊斋》等。

评书的表演形式，早期是一人坐于桌子后面，以折扇和醒木（一种方寸大小，可敲击桌面的木块）为道具，身着传统长衫，演讲故事。评书发展至20世纪中叶，表演者已极少选用桌椅、折扇和醒木等道具。说书者一般站立说演，衣着也比较自由，不一定非穿长衫。

清代，民间说评书的艺人，绝大多数是在街面的甬路两旁支棚立帐，摆上长板凳，围成长方形的场子，谓之“撂地”。只有少数评书艺人才能进入茶馆献艺。1900年前后，“评书茶馆”流行起来，民国初期是评书茶馆的鼎盛期。

评书，因为使用口头语言说演，所以在语言运用上，以第三人称的叙述和介绍为主，并在艺术形式上形成了一套自身独有的程式与规范。譬如传统的表演程序一般是先念一段“定场白”，或说段小故事，然后进入正式表演。

近代，北京评书艺人人才辈出。如清末民初时的双厚坪（艺名双文兴），满族，北京人。他说书的路子极宽，以《水浒传》和《岳飞传》最为拿手，与谭鑫培、刘宝全合称北京“艺坛三绝”。双厚坪的后人杨云清最擅长说《济公传》和《水浒传》。

群庆福，以说“公案”评书见长，自清末至民国在评书界享誉四十多年，有“活黄天霸”的别称。王杰魁，23岁即开始在北京说评书，专说《七侠五义》。连阔如，满族人，抗战前以说《东汉演义》成名。新中国成立之后，他说的《水浒传》《三国演义》也深受群众喜爱。

自 1949 年以来，在编演新版评书方面颇有成就的演员有袁阔成、田连元、李庆良、田占义、刘兰芳等。

瞎子艺人坐在树下开讲，男女老少纷纷赶来听书。清代画家金廷标将这一平民艺术的魅力表现得淋漓尽致。

评话和评书这两支南北派系，均是由明末清初评书艺人柳敬亭传下来的。因此，我国民间的评书艺人把柳敬亭奉为本行业的始祖。

柳敬亭（1587—1677 年），东台曹家庄人，本姓曹，名永昌，字葵宇。15 岁时，为了躲避仇人迫害，他只身来到江苏盱眙。他口齿伶俐，且记忆力很强。后来，因经常听艺人说书，他根据那些稗官野史也在市上开讲，居然引起不小的轰动。不久，他渡江南下，并改姓为柳，改名为逢春，号敬亭。因为他的脸上长着很多麻子，所以人们都称呼他为“柳麻子”。

明末清初的“评书大王”柳敬亭，被后世的评书界奉为祖师爷。

柳敬亭为了进一步提高自己的表演技艺，特意拜对说书理论颇有研究的莫后光为师。经过莫后光的悉心指导，他的表演水平大有提高，他也愈加受到听众的欢迎。

于是，他逐步从苏南的中小集镇，转向苏州、杭州、扬州等大城市献艺。明朝天启年间，年近 40 的柳敬亭来到六朝金粉之地留都（南京）。

据有关史料的零星记载，柳敬亭常说的书目多为长篇中的选段，所选

这组泥塑作品，表现的是旧时评书艺人在茶馆说书时的情景。

取的长篇大致有《隋唐演义》《西汉演义》《水浒传》等。

柳敬亭还是一位有着深刻政治见解的人，他曾主张改良政治，以挽救明王朝的统治危机。他与名将左良玉结为知己，曾深入军营劝其竭力抗清，并说书鼓舞将士们的士气。后来，左良玉病死于九江。柳敬亭回到江南，心中仍深深地怀念故友。酒酣之时，他经常会饱含热泪地为别人讲述左良玉的遗事，闻者无不动容。

明朝灭亡以后，柳敬亭以说书艺人表演需要为名，一直留发不剃，不改前朝衣冠，以寄伤怀故国之思。

清朝康熙元年（1662 年），柳敬亭跟随漕运总督蔡士英北上，曾在北京说过评书。期间，他收王鸿兴为徒，因此在京师播下了评书艺术的种子。

王鸿兴手下有何良臣、安良臣、邓光臣三个徒弟，他们被时人称为“三臣”，成为当时评书界的权威，且自立门户。此后，北京的评书演员皆是由这三个流派传承下来的。

柳敬亭晚年寓居南京，生活穷困，极为凄凉。死后，他被葬于苏州。柳敬亭的遗作，有说书底本《柳下说书》8 册，共 100 篇。

关于柳敬亭的说书技艺，黄宗羲在《柳敬亭传》里面有过生动的描绘：“每发一声，使人闻之，或如刀剑铁骑，飒然浮空，或如风号雨泣，鸟悲兽骇。亡国之恨顿生，檀板之声无色。”

一代评书大王柳敬亭留给后世的，是一段段写满沧桑与悲凉的传奇。

李少翁妙招治心病

皮影戏，又名“影戏”，民间则俗称“灯影戏”“耍人儿”等。它是中国民间一门古老的传统手艺，在世界上享有“电影鼻祖”的美誉。

唐山皮影戏里面的花旦造型。

过去，不管是逢年过节、喜庆丰收，还是婚娶宴客、添丁祝寿，都要搭台唱影戏。有时候，那些连本戏需要通宵达旦或者连演半个多月。尤其是每年农历七月初二的庙会，可以出现数十个戏班同时搭台献艺的隆重场面。每台戏相距十多步远，热闹非凡。因此，旧时的民间才会有这样一句俚语：“新年看几眼皮影戏，一年跟老婆不生气。”

在我国民间，关于皮影戏的起源，还流传着这样一个故事：

在汉武帝时期，有一位李夫人，她不仅长相秀美，而且多才多艺，琴棋书画样样在行。她深得汉武帝的宠爱。

然而有一年，李夫人身染恶疾，全天下的名医都被请来为她诊治，却都无能为力。汉武帝万分焦急，眼看着李夫人的病情一点点地加重，他却束手无措。

北京皮影戏里面的帝王造型。

李夫人在临终之前告诉汉武帝，她离世之后，魂魄还会常来与汉武帝相伴。李夫人病故之后，汉武帝犹如万箭穿心，悲痛万分。他经常不由自主地回忆起与李夫人一起生活的情景，而后独自潸然泪下。由于思念李夫人心切，汉武帝常常夜不能寐。

相传，汉武帝刘彻是中国历史上最早接触影戏的帝王。

日复一日，汉武帝因为思念过度，到了心情郁闷、茶饭不香的地步。众大臣都十分担心，再这样下去，汉武帝的身体肯定会垮了。于是，他们便在私下里寻找能够医治汉武帝心病的能人。

后来，有一位名叫李少翁的年轻方士，毛遂自荐。他用纸剪出李夫人的形象之后，又用灯烛把剪纸映照在帷帐之上，然后派人去禀报汉武帝，李夫人正坐在帐内等候。

汉武帝听说李夫人“下凡”，便匆匆赶来。他远远就看到了李夫人的身影，激动地问道：“爱妃为何姗姗来迟？”

西汉方士李少翁利用影戏，医治好了汉武帝的心病，开启了民间影戏之先河，故而被尊为皮影戏行当的祖师爷。

不顾李少翁“但可遥望之，不可近视之”的劝告，他猛然冲上前去，然而帐内的灯烛全都熄灭了，继而腾起一缕青烟，朝窗外飘去。待汉武帝命人将灯烛重新点燃之后，只见床上空空荡荡，早已不见了李夫人的身影。汉武帝忽然想起李夫人临终前对他说的那句话：“但可遥望之，不可近视之。”他后悔不已。

数日后，李少翁故伎重演。汉武帝吸取了上次的教训，只在远处遥望李夫人的身影。待三更过后，李夫人的身影便会渐渐地散去，汉武帝也进入梦乡。

就这样，汉武帝的心情渐渐地好转起来。

《孙悟空大战红孩儿》，是北京皮影戏里面较有代表性的一出。

其实，李少翁表演的就是一场简单的皮影戏。不过令人叫绝的是，他在表演的过程中竟巧妙地运用上了烟雾技巧，从而增加了影戏的真实效果。

李少翁因为表演灯影戏，治好了汉武帝的心病，所以后来被汉武帝封为“文成将军”。

这个载入史书的爱情故事，被认为是皮影戏最早的渊源。经过这次事件之后，有些艺人就开始利用这个原理来进行表演。于是，民间就产生了影戏。也正是因为这个原因，皮影戏艺人把李少翁尊奉为本行的始祖。

唐代，是中国历史上经济与文化极为繁荣的一个时期。发达的经济和文化，也间接促进了民间影戏的发展，甚至连当时的佛教也利用这一民间演艺形式来宣扬佛法。

华县皮影戏里面的净角造型。

到了宋代，皮影戏艺术与民间说唱艺术巧妙地结合到一起，成为一种颇受大众喜爱的民间娱乐剧种。

到了清代，皮影戏雅俗共赏的独特魅力，使它得以跻身宫廷。清朝康熙年间(1662—1722年)，礼亲王府设有八位五品俸禄的官员，他们专门负责皮影戏的排演。每逢年节或祝寿等喜庆日子，官宦或殷实之家，通常要雇请皮影戏班进宅“唱堂会”，以增加喜庆气氛。

皮影戏的演出非常简便，每个戏班一般由五六个演员组成，这五六个演员既要能够操控影人，又要会使用乐器，还能够担当起生、旦、净、丑各色人物的唱念。有些高手，甚至能够一人同时操纵七八个影人。

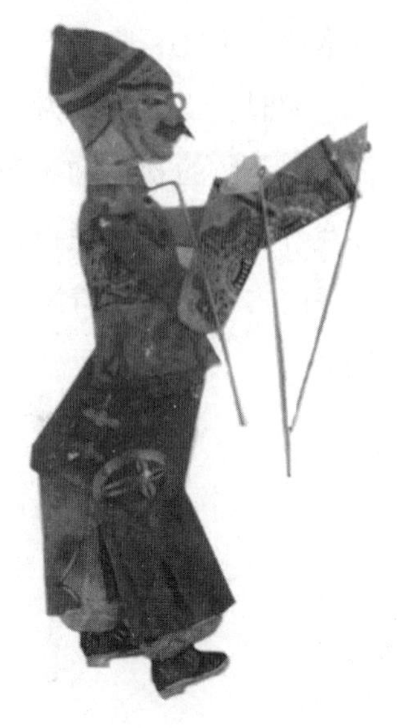
现代皮影戏《刘巧儿》里面的反面人物造型。

演出时，艺人一般用镜框形木架作为舞台。台口贴长方形白色宣纸一张，周围用蓝色布幔挡住。艺人们在布幔内操纵皮影，通过宣纸内的灯光映照，外面的观众可以看到各种影人的表演。

因为各地民间风俗不同，所以皮影戏艺术在不同地区发展成不同的流派，如北京皮影戏、福建漳州皮影戏、陕西华县皮影戏、河北滦州皮影戏、甘肃陇东皮影戏，等等。

一个行当有一个行当的规矩，皮影戏自然也不例外。皮影戏班在晚上住宿时，按照规矩都是两个人搭伙睡。而对搭伙也有一定的要求，不能胡乱凑或闹情绪，一般都是“前声”与“灯底下”搭对，“上档”与“下档”搭对，“后曹”则与学徒或赶车的搭对。哪怕两个人因故一时闹翻了脸，也必须睡在一起。这样的规矩，有助于演员之间有更多的机会切磋技艺，在表演时相互配合得更加默契，另外还有利于演员之间消除摩擦和隔阂，增加戏班的凝聚力。

皮影戏，曾经是盛开在乡村地头的一朵绚丽的奇葩。

皮影戏班还有其他一些禁忌，譬如男女影人的头和身子不能混放，以免乱了阴阳；摆放时，影人不能脸对着脸，这样会导致戏班闹分裂、生口角；乐器不能躺在地上，必须立着放；而剧本严禁坐在屁股底下，怕“臭”了戏等。

旧时，皮影戏作为我国民间一个主要的娱乐项目之一，曾给人们带来无数的欢声和笑语。然而今天，电影、电视、网络早已将皮影戏昔日的辉煌给湮没，甚至很多人已经忘记了它们的存在。这对于一门古老而蕴含着浓厚民族文化气息的艺术来说，实在令人感到惋惜。

第三辑　市井巧匠篇

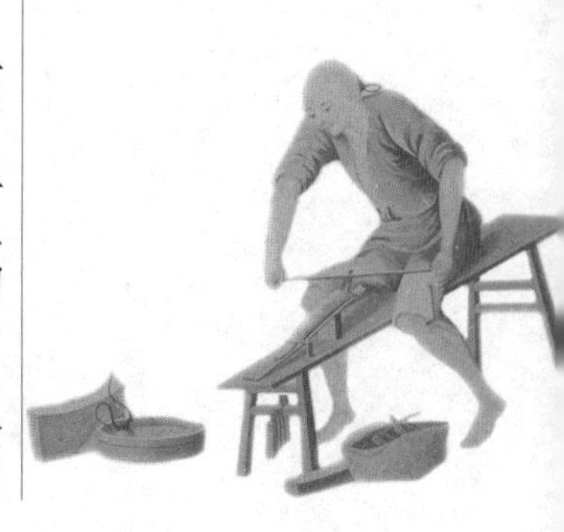

太上老君打过铁

铁匠打铁时，使用的铁砧和铁锤。

铁匠，是中国民间的一门古老行当。铁匠们以铁为原料，只凭手中一把小小的铁锤，就能打造出各式各样的生产工具和生活用品。

旧时，铁匠营业的地方被称为“铁匠铺”或“铁匠炉”，专门打制骡马掌铁的则被称为“蹄庄”“蹄炉”。流动营业的铁匠一般为三人，他们推拉着一辆小车，上面载有一炉、一风箱和錾、锤等工具。他们边走边劳作，一年半载回家一次。

另有小炉，多则两人，炉和工具都小。他们走街串巷，专门打制一些诸如菜刀、镰刀、门环、铁链之类的小铁件。

所谓的“铁匠铺”，无非就是一间破房子。屋子正中放着一个大火炉，炉边架着一个风箱。风箱一拉，风进入火炉，炉膛内的火苗直窜。准备锻打的铁器，需要先在火炉中烧红，然后铁匠师傅再将烧红的铁器移到铁砧上，一般由徒弟手握大锤进行锻打。师父左手握铁钳翻动铁料，右手握小锤，用特定的击打方式指挥徒弟锻打。

铁匠的生产，一般根据季节安排作业，春打锄、镰，夏打铡刀，秋打粪耙，冬打菜刀、斧头和抓钉等。农民使用的车辆和农具上，需要的钩、环、链、钉等铁件都需要由铁匠来打制。

铁匠打铁时，如同黑人一般，全身墨黑，连吃饭也是这样。他们捧着黑乎乎的饭碗，满身灰尘。别人看起来恶心难以下咽，铁匠们却吃得津津有味。

旧时，铁匠师傅在铁匠铺里忙活的情景。

旧时，打铁虽然又脏又累，但却是一门好生意。民间谚语曾经这样说：“开过药铺打过铁，什么生意也不热（羡慕）。”

铁匠不能随便收徒弟，收徒弟的人，必须技术相当过硬，而且在品行上要有带徒弟的资格。否则，同行会反对他，认为他是误人子弟。收徒弟还有一套俗规，要有保人，要有仪式。

徒弟第一年拉风箱、担水、扫地；第二年抡大锤，师父的小锤敲到哪里，徒弟的大锤就要落到哪里；第三年才能开始学着掌钳。但是锻造毛坯及挫、戗等冷活，仍由学徒两年以上的师兄来承担。期间，徒弟还要悉心观察和揣摩师父的淬火与回火技术。

淬火和回火的技术，全凭实践经验，一般很难掌握。各种铁器，即使外型制作十分好看，但如果淬火和回火的技术不过关，也会很不耐用或者根本不能用。我国民间的“王麻子剪刀”之所以闻名于世，关键就在淬火与回火上。

徒弟满师之后，还要为师父再干一年，这叫“送师父一年”。也有送半年或几个月的。徒弟开业“支炉”，师父要送徒弟一套生产工具，徒弟则要请师祖、师父和师叔们吃“谢师酒”。

平板独轮车，是过去的铁匠师傅用来运送打铁家什的工具。

铁匠内部的行规

较多，如炉子要支在店堂的左前方，干活时不喊人，不准坐铁砧子。收工后，所有的工具都要摆放整齐，不准别人乱动，还忌讳妇女早晨向铁匠借锤子。

外地的铁匠到本地支炉，须事先征得当地同行的允许，否则会被赶走；铁匠和木瓦匠一起干活，到吃饭时，铁匠可以毫不客气地坐上席。但铁匠坐上席时，不能洗手和洗脸，若洗了手和脸，其他匠人是不允许他坐上席的。

铁匠炉，曾经是乡村街头的一道火热风景。人们的生活与生产，与铁匠师傅有着密切的联系。

旧时，铁匠行当奉太上老君为祖师爷，每逢年节都要焚香放炮，祭拜祖师。尤其是在农历二月十五这天，传说这天是太上老君的诞辰日，从头一天起，铁匠各家都要为老君暖寿吃面，十五这天，家中所有的男子都要到老君堂祝寿，举办隆重的仪式。

过去，在河北唐山一带，铁匠们在祭拜完太上老君之后，便开始忙着准备一年一度的“铁匠会”。每到农历二月二十三这一天，铁匠们便聚集在集市上，搭起炉灶，燃起炭火，拉起风箱，将烧红的铁块放在铁砧上，“叮叮当当”地捶打起来，各自施展自己的绝技。

于是，四面八方的人们纷纷赶来，一边看光景，一边拿着用坏的农具，找自己中意的铁匠修理。这一习俗，一直沿袭到新中国成立初期才告终。

太上老君，姓李，名聃，字伯阳，亦称老子、老聃、李老君等，春秋时期楚国人。他的著作有《道德经》，主无为之说。老子被神圣化，始于东汉时期。东汉的张道陵（后来的张天师）创立“天师道”，为了与佛教抗衡，他便抬出老子为始祖，并尊其为太上老君。之后，道教典籍将老子极度神话，谓其生于无始之时，无因而起，是万物之先，元气之先。

那么，太上老君又是怎么成为铁匠们的祖师爷的呢？

太上老君，被我国民间的铁匠师傅们奉为本行业的始祖。

传说，太上老君在归隐炼丹修行之前，就有一手打铁的好手艺。他锻打的农具经久耐用，锻打的兵器削铁如泥。于是，有人去向他讨教经验，只见他打铁的方法确实与众不同。他打铁不用铁砧，竟然把烧红的铁块放在自己的膝盖上进行锻打。

他自己满不在乎，却把前来讨教的人给吓坏了，慌忙问道："老师傅，您这样打铁，不会把自己的皮肉烧焦吗？"

太上老君哈哈大笑起来，回答道："这怕什么？它烫去我一层皮，我就打去它千层皮。"最后，铁器打成了，他的膝盖却完好无损，地上留下一层铁皮。从此，人们才知道太上老君是神仙，铁匠们便把他奉为祖师爷。

“吴带当风”的画匠

画匠，是指旧时以绘画为终身事业的艺人，民间亦称“丹青师傅”。按照其社会地位，画匠可分为民间画工与宫廷画师。

其实，很多民间画工也能模仿宫廷画师的画作来作画谋生。但是，他们并不做原创（并非他们没有能力做原创），而是按照顾客的要求来作画谋生。

画工的工作地点是在画铺里，主要业务是为人家绘制图画，或者为人画像，也有裱画、彩绘雕梁画栋等业务。

画匠，在我国历史上出现得非常早。春秋战国时期，已经有画匠进行壁画创作。当时壁画作品的内容很丰富，主题亦比较鲜明。据说，当时在木工和建筑行业颇有造诣的鲁班，也有一身令人叹服的绘画技艺。

《弘历观画图》，是清代著名宫廷画师郎世宁的代表作之一。

秦汉时期，社会上迷信长生与厚葬的风气很盛。有钱有势的人家，不仅重视家庙、祠堂、厅堂的装修，同时认为死者到另一世界也可以享受生前的豪华生活，于是花费极大的财力去装修坟墓。这样一来，就为当时的画匠们提供了一片广阔的市场。

他们创作壁画，刻出不同形式的画像石和画像砖，塑造出各种陶俑和陶器。晚唐以后，画匠已经形成固定的行业。当时画匠的工

这是东汉墓内的《车马出行图》壁画，这种由无名画匠创作的精美作品在我国民间不计其数。

种也愈加细化，有壁画匠、漆画匠、瓷画匠、年画匠、灯扇画匠、雕刻画匠，等等。

宋代的时候，社会上已经出现贩卖绘画作品的行商。临安的市面上已经有了年画摊子，社会上也出现大量绘制的以世俗生活为内容的商品化作品。杜子环、阮维德、秦妙观、赵楼台等，都是当时民间著名的画工。

从宋代起，纸扎冥器基本上代替了陶质殉葬物品，因此画工们把“纸扎活”也加入到营业的范围。当时的大小城镇，出现了不少“纸扎铺”和“纸马铺”。

宋元以后，画匠行业已经定型，业务活动达到了饱和的程度。社会上带有美术性质的活动，无不包罗于画工手中。

明清以来，画匠的作品在一定程度上受到了文人画的熏染，题材内容和当时流行的评书及戏曲结合起来。画行发展到这一时期，从业人数非常之多，通常一个只有几万人聚集的小城镇，会开设数十家画铺。

那时候，千家万户婚丧嫁娶，一年四季的节日活动都离不开画工。在当时所有手工行业之中，画行是一个十分繁荣的行业。

我国近代民间的画工，大致可分为“京式画工”（北京地区）和“苏式画工”（苏州地区）两大类。京式画工，以彩绘装饰图案见长；苏式画工，则以花鸟画为特长。他们所选取的题材，除山水、花鸟之外，人物画多选自民间流行戏曲故事及小说。

古代民间有不少以画扇面为业的画匠。

民间画工授徒，多采用口传手教的方式。师父手头积有粉本旧稿，作为一代代流传的资料。在绘画所用的颜料上，他们大都根据自身绘画的特点，自己动手制作。

数千年来，那些能工巧匠们虽然为后世留下了不计其数精美的工艺作品，但他们在古代仍然属于普通的手工业劳动者，并一直受到统治阶级的歧视和抹杀，所以有史料记载的画工名字是少之又少。譬如敦煌莫高窟和布达拉宫内那些雄伟的壁画作品，大多数参与创作的画工留给后世的，只是一个群体性的数字概念而已。

其中，有幸被载入史册的画匠高手有：西汉的毛延寿，东汉的卫改，唐代的宋法智、宋文君，北宋的赵大亨，元代的马君祥、张遵礼，明代的路洪、河忠，清代的张文辉、张太古、梁廷玉等。

那些有名或无名的民间艺术家们，用他们的激情为后世留下了众多美丽的作品，他们是美的使者，对社会文化生活有着极大的影响。时至今日，画行仍在默默地延续着一个个传奇，用他们那绚丽多彩的羽翼，装扮和美化着我们的生活。

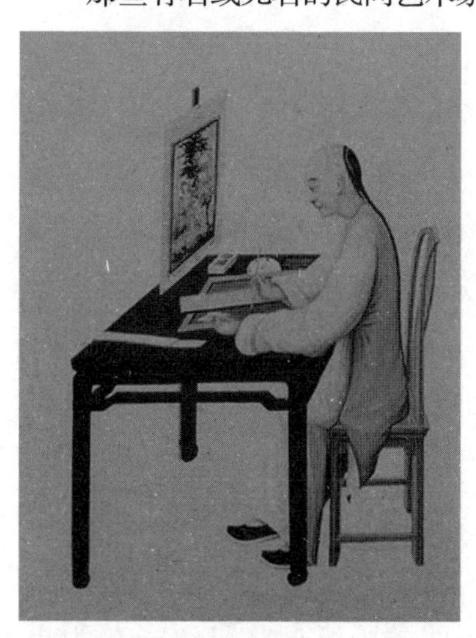
明清时期，民间的一些画匠开始接触西洋画。

我国民间的画匠们，将吴道子奉为本行的始祖。吴道子（约680—759年），唐代画家，有“画圣”之美誉。少年时家境贫困，他跟随书法家张旭、贺知章学习书法，却未能成功。之后，他发愤图强，改学绘画。

由于刻苦好学，20岁时，他就已经非常出名。唐代皇帝把他召入宫中，让他担任宫廷画师。当时，成为御用画家的吴道子，如果没有接到皇帝的命令，不能擅自作画。

这是敦煌莫高窟壁画上的“反弹琵琶图”，像这样精美大气的作品大都为佚名之作。

这对于他这样一个平民意识很强的艺术家来说，一方面有了优越的生活条件，另一方面却也限制和约束了其才华的进一步发挥。

吴道子性情豪爽，喜欢在酒醉时作画。传说他在描绘壁画中佛头顶上的圆光时，不用尺规，挥笔而成。他在龙兴寺作画的时候，观看者围得水泄不通。他画画的速度很快，像一阵旋风似的，一气呵成。

吴道子是一位全能的画家，人物、鬼神、山水、楼阁、鸟兽等题材，无所不能，无所不精。他还大力弘扬绘画艺术，悉心传授弟子，把自己高超的技艺传授给下一代，使绘画艺术后继有人。据唐代张彦远所撰《历代名画记》和元代文人夏文彦撰写的《图绘宝鉴》记载，他的弟子很多，其中较出名的有李生、张藏、韩虬、翟琰等。

吴道子在绘画艺术上取得了令人瞩目的成就，故而后世的绘画行业将其尊为鼻祖。

吴道子在对弟子传教时，不是让他们背诵口诀或临摹他的画稿，而是给他们充分实践的机会。有时，他作壁画只描一个大概，其余则让弟子们独自完成。洛阳敬爱寺中吴道子所绘《日藏月藏经变》，即由翟琰完成。

吴道子的绘画艺术，对后世绘画历史的发展有着巨大的影响。因此，我国民间的画匠们将吴道子尊为祖师爷。

磨刀匠人的帝王情结

“磨剪子喽——戗菜刀——”过去，像这样声音洪亮而又悠长的吆喝声，经常会在街头巷尾响起。吆喝的人就是人们常说的磨刀匠。

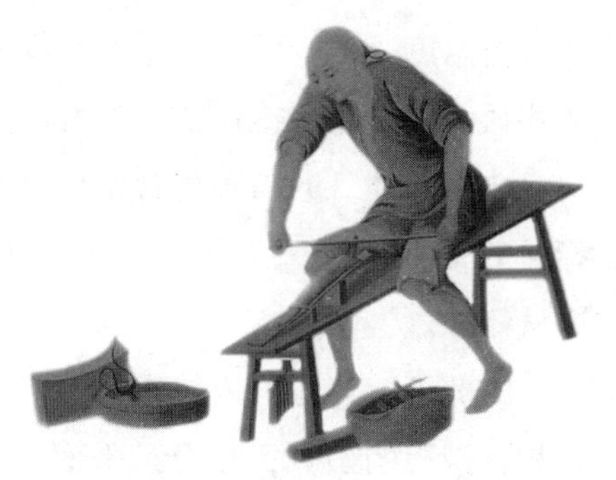
古代的磨刀匠使用戗刀为菜刀戗刃。

虽然说磨剪子戗菜刀是一个很不起眼的行当，但它却是五行八作里最贴近百姓的，是一种与人们生活密切相关的工作。因为在人们的衣食住行中，刀子和剪子是不可缺少之物。

刀、剪使用久了，难免会出现些小毛病，如刀刃钝了，不合口了，必须磨一磨修一修才好用，因此就有了磨刀匠。

磨刀这一行业的起源，据说跟古代人们使用铜镜有关。因为铜镜用久了之后，清晰度就会降低，这就需要工匠来磨一下。宋代文人吴自牧撰写的《梦粱录》一书中，有这样的记载：“修磨刀剪、磨镜，时时有盘街者，便可唤之。”这里所记述的，跟后来走街串巷的磨刀匠极为相似。

磨刀匠在走街串巷招揽生意时，既开口吆喝又有响器。响器有特制的长筒单音喇叭——铜号，吹出的音调是：“嘀——嘀——嗒——，嘀——嘀——嗒——”

还有一种响器，使用一寸宽、六寸长左右的铁片六七块，在每片上端凿有两个小孔，用绳襻错位重叠连接，用手颠弄，发出响声。这种响器，行话叫“抢镰”，也称“犁铧片”。

磨刀匠的主要工具有磨刀石和戗子。磨刀石有粗石、细石和浆石之分。磨刀时，先用粗石打磨，再用细石磨，最后用浆石磨。戗子是专门用来开刃的。磨刀离不开水，所以磨刀匠常常肩扛着四条腿长凳，随身带着小水桶等工具。

磨刀匠在磨刀的时候，只需用大拇指轻轻地揩一下刀刃，便可知其锋利程度。

磨刀时要不断淋水，以降低摩擦产生的温度。冬天时，还要在小桶里放些盐，以防止水冷结冰。磨好的刀刃，非常锋利。磨刀师傅常常用大拇指在刀刃上横向试刀锋，刀快不快，一试便知。

磨剪子戗菜刀虽说技术简单，却是需要手艺的细活。剪刀是两片相合带刃的工具，相合是平面，另一面带坡度。磨剪子时，必须将两刃外掰错刃，找好角度，磨有坡度的那一面。

磨好的剪刀要保持剪轴松紧适度，松而不旷，紧而不涩。轻轻合刃，布条迎刃而断，锋利而不打滑。

布衣皇帝汉高祖刘邦，被我国民间的磨刀匠们奉为本行业的祖师爷之一。

磨刀比磨剪子简单一些，如果刀太钝，就需要将刀刃戗薄一些再磨。戗刀的工具是一根长铁杆，两头有抓把，铁杆中部镶有一优质的钢刀头。用这个工具戗刀，犹如用钢刨子刨刀刃。

磨刀匠骑的板凳叫“穿朝玉马”，板凳上钉着一个“几”字形的铁弓，称为“马鞍”，是专门用来顶磨刀石的。据说，这些东西都是他们的祖师爷“马上皇帝”传下来的。

据说，“马上皇帝”在没有当皇帝之前，家里面很穷，只有一条长凳和一块磨刀石，于是他只好给人家磨刀来维持生计。后来，他联合众人举旗造反，骑马打下了江山，坐了皇帝。因此，磨刀匠便尊奉他为祖师爷，并称他为“马上皇帝”。

中国历史上的“马上皇帝”都有谁呢？其实，封建时代的各个开国君主大都是骑马征战沙场打下天下的。所以，“马上皇帝”具体指何人，磨刀匠们也说不清楚。反正他们的祖师爷，是一位至高无上的皇帝。想来，磨刀匠干活时总是骑在长凳上，很像骑在战马上，于是他们就找出一种说辞，将“马上皇帝”奉为始祖。

另一位布衣出身的皇帝宋太祖赵匡胤，与刘邦一起被磨刀匠们供奉。

不过仔细分析起来，有两位开国皇帝与磨刀匠的祖师爷身份最靠谱。他们一位是汉高祖刘邦，另一位是宋太祖赵匡胤。

刘邦称帝之后，自认为是马上得天下，鄙视儒生。后来，当时的大政治家陆贾进谏道：“居马上得之，宁可以马上治之乎?”

于是，刘邦便命陆贾著书论述秦失天下的原因，以资借鉴。他还命萧何重新制定律令，即“汉律九章”。

赵匡胤陈桥驿兵变，被部下黄袍加身，篡了皇位，开创了宋朝。赵匡胤 34 岁登基当了皇帝，在位 17 年。“马上皇帝”宋太祖赵匡胤统一了中国，又通过杯酒释兵权，实现了向文官治国的转变。

刘邦和赵匡胤在未称帝之前，是否从事过类似磨刀匠的营生，并无史料记载。当然，这极有可能是磨刀匠们的附会之辞。而其他行业的祖师爷，有许多不也是由附会而得之的吗?

今天，由于人们的日常生活仍离不开这个行业，因此街头偶尔还能见到磨刀匠的身影。不同的是，他们大都使用自行车或机动车代步。

在繁华的街市，偶然听到那一声声“磨剪子喽——戗菜刀——”的吆喝声时，会使人产生一种恍如隔世的感觉。

竹艺高手数泰山

清代由翻黄薄雕与细竹丝编织而成的圆形食篮异常精美，足见编织工匠手艺之精巧。

竹匠，是以竹子作原料制成器物的匠人。有以纯竹来制作生活和生产用具的，也有以竹为筋骨，以藤、竹篾等附着编织的藤器。

竹笋可以吃；竹梢可以制作扫帚，还可以造纸；竹筒、竹根可以雕刻成精美的工艺品。竹子的用处大到砌房造屋，小到做竹筷、牙签。在使用竹子的过程中，竹匠这个行当就产生了。

我国是世界上最早用竹的国家，早在新石器时代良渚文化遗址中，就已经发现带孔的竹镞和较为精致的竹制器物。我国第一部诗歌总集《诗经》中的“尔牧来思，何蓑何笠”，便生动地描述了牧童暮归、头戴笠帽的情景。由此可见，早在数千年以前，我们的先民就已经非常广泛地使用各类竹制器物了。

在我国民间，竹器业历经千百年的发展，逐渐成为仅次于木匠的一大行帮。竹匠都会制作锄头柄、扁担、桶夹、连枷、挑箕等小农具，也会制作竹桌、竹床、竹席、竹柜、竹椅、竹凳等生活类用品。

竹匠要具备挑竹、锯竹、劈竹、凿竹、削竹、弯竹、钻竹等基本功。有些竹匠经过长年累月不断的劳作和探索，逐渐创造出了许多绝技，并成为行业的佼佼者。

比如清朝初年，永安贡川竹器匠人李箬制作的竹器造型精美，不变形，不虫蛀，坚固耐用。他还有一手绝活，能用篾刀将毛竹破成细如发丝、薄如绢纸的竹丝，然后编织成竹碗、竹箧等，被誉为“神编手”。至今，永安民间还留存着他编织的竹器，它们成为珍贵的民俗收藏品。

编织竹帽，也是旧时竹匠们的拿手绝活。

清末民初，东阳竹器行的杰出代表是名匠马富进，他制作的竹编工艺品，曾在1915年巴拿马万国博览会上获奖。1929年，他制作的《魁星点斗》在西湖博览会上展出，轰动一时。当时的《博览会总报》这样写道：“一魁星独足立于鳌头之上，作活跃点斗之势，头部，耳、口、鼻俱全。四肢部，手指、脚趾一一分清。上身袒露，下身穿盔甲。胸部背部，均表现肌肉凸凹之状。飘带飞舞，骨立筋张，全身皆是竹丝编成……”通过上述细节描述，可以看出马富进竹编技艺之高超。就在该届博览会上，马富进被授予“竹编状元”奖匾。

竹匠作为一门行业，也跟其他行业一样，在漫长的发展过程中，形成了诸多行规。竹匠有许多绝技，行内规定是传子不传婿，传媳不传女。竹匠行的风俗认为丐帮中打莲花落和吹竹筒的两帮是师弟，这两帮不向竹匠吃讨。如果他们的响板或竹筒坏了，请竹匠修理，竹匠也不收钱。

清代嵊州竹编艺人用竹篾编织而成的水牛，是一件十分难得的民间工艺品。

竹匠还有自己专用的行话，譬如称毛竹为“青龙”，并自诩本行为“捉青龙”。他们称篾刀为“蝴蝶”，刀子为“青锋”，锯子为“百脚”，钻子为“刻孔”，刨子为

"削光"，等等。

制作出的竹制器物也有一套行内的叫法，如筛子叫"万人眼"，竹篮叫"台上"，竹椅叫"丐身"，竹床叫"横身"，竹笠叫"隔青"，簸箕叫"起手"，等等。这些行话是年轻竹匠必须要学习的，否则就会被同行嘲笑是跟女人学的手艺，不是正宗，甚至不能入伙干活。

竹匠编织的器具，在过去与人们的生活息息相关。

竹匠供奉泰山为本行业的祖师爷。传说，泰山是木匠祖师鲁班的徒弟。他从小就聪明伶俐，总是喜欢用竹子和泥巴做各种各样的小玩具。父亲见他爱学手艺，便让他拜鲁班为师，学习木匠活。

鲁班非常珍视自己的声誉，每隔一段时间，都要从徒弟当中淘汰几个"不成器"的人。这年年底，鲁班召来徒弟们考试，他让每人做一张桌子。与泰山同时学艺的师兄弟们都做得很好，唯独泰山做的桌子东倒西歪，很不像样子。于是鲁班毅然赶走了泰山。

时隔数年，有一次鲁班到杭州游玩，路过一个街口，忽见有个店铺门口挤满了人。鲁班感到很奇怪，就过去一看究竟。原来，店内摆满了各式各样精美的竹编制品，众人正在竞相购买。鲁班心里想："这店铺的师傅以竹代木，技艺巧夺天工，比我还高一筹哩。"

曾被鲁班驱出师门的泰山苦学成才，成为竹编绝世高手，最终被天下竹匠奉为祖师。

爱才心切的鲁班很想结识一下这位竹艺高手，于是他就拜托店伙计去请他们的师父，而从内室走出来的竟是泰山。

泰山一见到师父，喜出望外。鲁班也认出了泰山，随后师徒二人便进屋叙谈。

鲁班问："你是跟谁学的竹编

手艺?”

泰山便将事情的经过告诉了师父。原来，泰山在跟鲁班学艺时，发现竹篾又软又韧，他就常常到山坳竹园里去练习劈篾，而后又偷偷学习编织。因为自觉没有学好，泰山当时就没敢跟师父说。自从回家后，他就一门心思学起这门技术。

鲁班听了很是后悔，连连说：“我错怪你了，我不应该赶你走呀!”

泰山感慨地说：“不，师父，我今天这些技术全都是您指点的，您永远是我的恩师!”

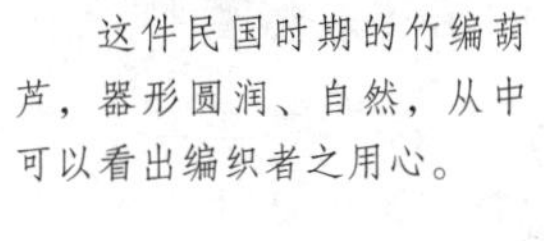

这件民国时期的竹编葫芦，器形圆润、自然，从中可以看出编织者之用心。

这时候，鲁班内心羞愧万分，说：“我真是有眼不识泰山!”

从此，“有眼不识泰山”这句话就在民间流传开了，而泰山也成了竹匠行当的创始人。

人文始祖授针技

裁缝是一个非常古老的行业，拥有数千年的历史。尽管今天的制衣、家纺行业已经发展成为高度机械化的产业，

汉代，人们在熨烫衣物时使用的青铜熨斗。

但在旧时缝制服装，多是由裁缝独自将量体、裁剪、缝纫、熨烫、试样等各项工序完成，俗称“一手落”。

战国时期，贵族阶层流行的代表性女性服饰。

我国是世界上服饰种类最多的国家，每一个朝代都有其特色的服饰，每一种服饰都蕴含着当时社会在政治、战争、民族、经济、宗教、文化、科技等众多方面的状况。

在我国民间，裁缝一直被人们视为巧匠之列。但人们却不称裁缝为“匠”，而是习惯称之为“裁缝师傅”。旧时的裁缝行业，有个体流动经营和开设裁缝铺经营两种方式。

裁缝铺，又称“成衣铺”。裁缝铺的设施一般都很简单，通常在街道上设一两间门面房，里面放有比单人床大一点的两到三张案板，在案子上垫一层毡，上面铺上一层垫布。

到20世纪初时，有的裁缝铺开始使用

缝纫机，所使用的缝纫机大都为15型脚踏缝纫机，或28型长梭缝纫机，熨斗是火烧的长把熨斗。有一些年老的师傅，仍坚持用手工缝制整件衣服，他们认为只有这样才能做出好活来。

民国时期，社会上流行的旗袍。

旧时的裁缝大都上门做活，而裁缝铺只是作为联系顾客的一个桥梁。“东家”（顾客）请裁缝师傅上门做活，时间少则十天八天，多则个把月，甚至还有更长时间的。

裁缝师傅到“东家”做衣服，只需要携带剪子、尺条、熨斗、粉线袋、缝衣针、糨糊刮子等缝纫工具。而镶边用的花边，填料用的棉花等，均由“东家”提供。“东家”负责伙食。工资，根据“东家”衣料的贵贱、式样繁简和工期长短，由双方商定。

裁缝到“东家”去做活，裁缝桌搭在上首的位置。据说裁缝因为替皇帝做过龙袍，所用的尺和熨斗都被皇帝封过，所以他们也可以使用龙的图案。裁缝桌又叫“龙头桌”。裁缝做活时若有官员进来，他们可以不站起来。裁缝师傅若到“好日”（喜事）人家做活，做好之后，“东家”不但要给红包，而且还要请裁缝师傅在“好日”那天吃喜酒。

旧时的裁缝师傅跟今天有所不同，他们大都为清一色的男性。

裁缝师傅除了为新郎、新娘做长袍、旗袍、马褂、皮袄和春夏秋冬四季必备衣裳之外，还做催生衣裤、老人的寿衣、官府内的衣饰、迎神赛会所穿的服饰及道具等。

民国时期，民间的裁缝业仍比较兴盛。在当时的大小城镇里，裁缝铺遍布大街小巷。

一些大的绸布店，如“瑞蚨祥”内还设有裁缝专柜和作坊。

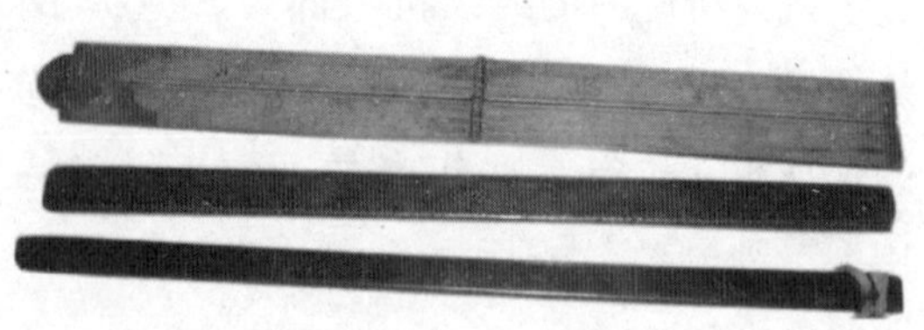
过去，裁缝师傅使用的竹板尺子。

当时的裁缝业内，已经有了“本帮裁缝”与“红帮裁缝”之分。本帮裁缝是缝制中式服装的，大家习惯以姓称之，如“赵裁缝”“李裁缝”等。红帮裁缝是缝制西装的，北京人称他们为“洋裁缝”。

裁缝业作为一门古老的行当，在发展的过程中，自然也形成了许多不成文的行规。譬如做针线活的裁缝师傅均是男性，女孩子再能干也无法充当徒弟，开裁缝铺更是办不到的事情。

旧时，裁缝铺的行俗，在大年三十晚上，要把全部针线活干完后才能收拾停业过年。裁缝师傅要用红布包住剪刀，表示暂停营业，俗称“封剪”。开业的时间则为正月初五（财神生日）或正月十五（天官生日）。

重阳节这天，裁缝铺的师傅们中午要吃螃蟹，表示进入旺季七手八脚地忙。而且这天无论铺内存活多少，都要干夜活，表示生意忙。裁缝特别忌讳别人拿其剪刀和尺子玩，更不准别人用尺子敲打案板，还忌讳妇女拍打案板，更不准妇女坐在案板上。

裁缝师傅们尊轩辕氏为本行业的祖师爷。轩辕氏，就是传说中的黄帝，姓公孙，因生于轩辕之丘，故称轩辕氏。

在电熨斗没有普及之前，裁缝师傅都是使用这种需要人工加热的熨斗。

据司马迁《史记》记载，轩辕氏在出生几十天之后就会说话，少年时思维敏捷，青年时敦厚能干，成年后聪明坚毅。当时九黎族部落首领蚩尤，暴虐无道，兼并诸侯，而天下的共主、曾创立农耕和医药的炎帝神农氏已经衰落，部落之间相互攻伐，战乱不止，生灵涂炭。

神农氏无可奈何，便求助于黄帝。黄帝毅然肩负起安定天下的责任，与蚩尤决战于涿鹿。经过一番激烈的战斗，黄帝统领部落将士最终擒获了蚩尤。

从此以后，诸侯将黄帝尊为天子。黄帝取代了炎帝，成为天下的共主。相传，黄帝曾教民众用骨针穿麻线缝树叶和兽皮做衣服，故而被缝纫行业尊为始祖。

中华人文始祖黄帝，被裁缝师傅们奉为本行业的始祖。

剃头匠的行内秘史

旧时的剃头匠大都挑着家什走街串巷，随时碰到生意随时做。

剃头匠，是专门为人剃头、刮脸的手艺人。很久以前，在我国民间是没有“理发”一说的，人们认为头发受之于父母，不能随便剃除。因此，当时的男女都留长发。到了汉代时，才出现以理发为职业的工匠。

南北朝时期，南朝梁的贵族子弟都削发剃面，那时的理发业已经开始兴起，并出现了专职的理发师。“理发”这个名称，最早出现在宋代的文献里面。

宋代的理发业已经比较发达，有了专门制作理发工具的作坊。那时对理发有一个特殊的称呼，即“待诏”。

元明两朝，人们理发更为普遍。到了清朝，满族贵族为了达到长久统治的需要，下令男子一律剃头梳辫，“留头不留发，留发不留头”。人们被逼无奈，都要去剃掉额顶上的头发，理发业因此空前繁荣起来。

旧时理发有两种：一种是有店面的，称“理发店”；另一种是挑着一副担子，走街串巷为人家理发的，称为“剃头担”。

我国民间创建的第一个理发店，是清朝顺治年间在奉天府建的。辛亥革命以后，许多在日本的中国理发师也纷纷回国开设理发店。

剃头匠使用的剃头刀子。

民间有句俚语“剃头挑子一头热”，说的就是那些走街串巷的剃头匠。旧时，剃头匠大都用扁担挑着营业的工具。扁担一头是红漆长方凳，是凉的一头。凳子腿间夹置着三个抽屉：最上层是放钱的，钱是从凳面上开的小长方孔里塞进去的；另外两个抽屉分别放置围布、刀、剪之类的工具。

扁担另一头是个长圆笼，里面放一个小火炉，是热的一头。上面放置一个大沿的黄铜盆，水总保持着一定的热度。下边三条腿，其中一条腿向上延伸成旗杆状，杆上挂磨刀布和手巾。

还有一件东西是必不可少的，即由一钳形钢片和铁棍组成的“唤头”。剃头匠通过鸣“唤头”发出的“当啷——”声来招揽生意，而不是像有些生意人那样靠嘴吆喝。

他们除了理发之外，有的还兼有正骨、按摩、掏耳朵等技艺。他们曾如此夸耀自己的职业：“虽是毫末技艺，却是顶上功夫。”

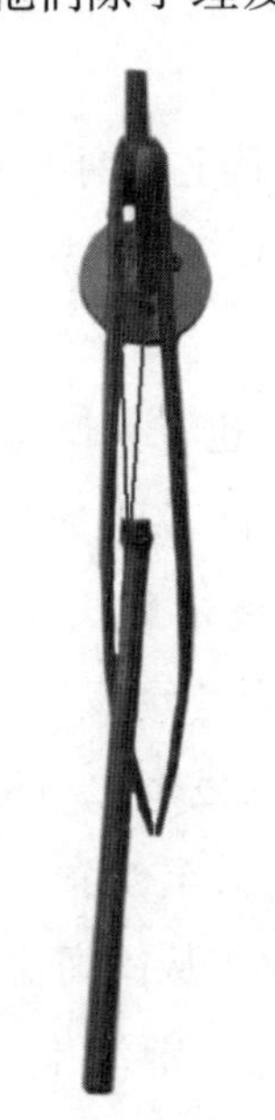
剃头匠招揽生意的响器，名曰“唤头”，它发出的“当啷——”声非常独特。

确实也是这样，理发业在我国民间的三百六十行当里面，被公认为是第一行。一般的理发店中，均张贴有“大事业从头做起，好消息耳中传来”的对联。

旧时，理发业还有些上门服务项目，一是剃婴儿满月头，二是剃青年结婚头。这两项服务均有红包进账，有的人家还专门设酒席款待。

各行有各行的规矩，理发业也不例外。譬如，当有客人前来剃头，不能说“剃头”或“推头”，要说“请师傅下山落发”。在剃头时，还要遵守“前僧后道”的规矩，即给僧人剃头要从前到后一次剃通，俗称

“开天门”；给道士剃头，则从后向前一次剃通。

理发行业的行话颇多，同行之间交谈时均用行话。譬如剃光头称作“木龙”，剃平头称作“平草”，剃长发称作“榜草”，刮脸称作“勾盘儿”，刮胡子称作“打辣子”，等等。新中国成立之后，理发业的行话逐渐荒废了。

那些走街串巷，甚至服务到家的剃头匠们，为人们的生活提供了很大的便利。

理发行业讲究职业道德，剃头匠不能喝酒，不能吃葱、蒜等带刺激气味的食物。民间还忌讳正月剃头，有“正月不剃头，剃头死舅舅”的俗谚。因此，每逢正月，是理发行业最惨淡的日子。人们一般要等到农历二月初二“龙抬头”之日才开始剃头，取抬头兴旺之意。

那么，理发业的祖师爷是谁呢？在我国民间大致上有两种说法：一种说法是罗祖，另一种说法是吕洞宾，但以罗祖为主。

我国民间的理发行业，大都将罗祖奉为本行业的祖师爷。

罗祖，江西人（也有人说是湖南人），名字已无从考证，是一个穷道士。据说当年雍正皇帝患头疮很严重，太监每次为雍正“请发”（剃头）或“打辫”（梳发辫），都感到很棘手，常常挨罚，甚至被杀头。

后来，雍正又命人从民间找了很多手艺精湛的剃头匠，但结果一样，他们或被处罚，或被处死。京城的很多剃头匠都很恐惧，有的偷偷出逃了，有的则另谋他业。

罗祖知道这件事情后，就主动应诏进宫给雍正皇帝梳头。罗祖梳头，雍正皇帝感觉不痛不痒，而且很舒服。渐渐地，他头上的疮就痊愈了。这样，罗祖便救了京城的理发业。后来，罗祖羽化在白云观，被敕封为“恬淡守一真人”，葬于白云观。从此以后，理发业就将罗祖供奉为祖师爷，定期到白云观祭拜罗祖。

或许因为“八仙”的传说在我国民间影响太深，有些地方将吕洞宾尊为理发行业的鼻祖。

更为有趣的是，旧时的理发业还把“八仙”之一吕洞宾拉来当了祖师。相传，朱元璋是个癞痢头，他建立大明王朝之后，所有被召进宫去的剃头匠，没有一个从宫里活着出来。他只要一动怒，匠人就会被无辜杀害。

后来，吕洞宾知道了这件事情，他就变为一名剃头匠，应诏进宫。说来也奇怪，吕洞宾在使用宝剑变的剃刀给朱元璋剃头时，即使碰到他头上的癞痢疮，朱元璋也不感觉痛，反而觉得凉飕飕的很舒服。从此以后，剃头匠再给他剃头时，他就没有痛感了。

如此一来，学剃头的人就多了起来，理发业也一天天兴旺发达起来。人们知道这是吕洞宾的功德和庇佑，所以便把他奉为祖师。

这些传说，都被过去的理发匠们视为行内秘史。农历七月十三，是罗祖的诞辰日，每年理发业都要举行祭奠盛会。

20 世纪 40 年代，在北京举行祭拜盛会时，因为与会人数太多，精忠庙竟容不下，便改在中南海怀仁堂举行，足见当时的盛况。

比干与九尾狐狸精

裘皮，又称皮草，就是用动物毛皮制成的服饰。其原料多取自羊、狗、兔、狐狸、黄鼬、狸子、水獭等动物。因为这些动物的毛皮，具有毛细、质轻，能够挡风御寒的特点。

自古至今，裘皮服饰就深受人们的喜爱。这是春秋时期齐国商人进行毛皮生意的一组塑像。

裘皮服饰，在我国有着非常久远的历史。在商代的甲骨文中，就已经出现表示裘皮的象形字了。裘皮是一种珍贵的服饰，很早以前它和丝绸是并举的，是一种富贵的象征。

昭君出塞时就是身披裘衣，以抵御蒙古草原的严寒。

历朝历代，人们对裘皮服饰都是情有独钟。尤其是在北朝、西夏、元朝和清朝时期，因为是少数民族掌权，所以裘皮服饰特别繁荣。

清代的皇帝对裘皮服饰大为偏爱。皇帝每天穿衣都有一个记录，叫作“穿衣档”。太监会用很工整的小楷写下皇帝当天的衣着情况。通过这些记载后人知道，在冬天的时候，皇帝最初穿小毛的衣服，到了寒冬腊月，穿大毛的衣服，比如狐狸的毛皮。大毛衣服十分厚重，保温性能非常好。在那些“穿衣档”里面，裘皮服饰被分得特别详细。慈禧太后尤为喜欢水貂皮，就连轿杆都用水貂皮包裹。水貂皮为皇族专用，民间不可用。当时，水貂皮被视为吉祥物，据说穿在身上能够避邪祛病。

裘皮是富贵的象征，清代嘉庆皇帝在冬天的一些礼仪活动中，就是身披这样的狐皮衣服。

旧时，从事裘皮加工的行业，被称为裘皮行。裘皮行，是我国民间历史上最悠久的传统手工业之一。在五行八作中，裘皮行是一项又脏又累的营生。裘皮匠们“熟”好一张皮，要经过打皮、抓毛、浸泡、脱脂、铲皮、熟制、除灰、裁剪等多道工序。

这一行业供奉的祖师，是距今三千多年前的商朝宰相比干。

在我国历史上，比干确有其人。他是商王朝最后一个帝王——商纣王的叔父。比干为人耿直，率真无私，可称得上是我国古时候有名的大忠臣。

身为宰相的比干，见商纣王荒淫失政，暴虐无道，日夜酗酒，过着穷奢极欲的生活，十分着急。他常常大胆地直言劝谏。纣王不但听不进去，而且越来越讨厌这位叔父，再加上妲己在一旁使坏，纣王便产生了杀害比干的恶毒念头。

有一次，比干实在看不下去纣王的所作所为，又站出来劝纣王改恶从善。纣王勃然大怒，命人当场将比干开膛，把他的心挖了出来。

旧时帝王冬季的朝袍自然少不了裘皮材料，它们既保暖又显得华贵。

周武王灭商之后，为了巩固新建的政权，在政治上采取分而治之的办法，安抚殷商遗民。他还下令修整商朝贤臣比干的坟墓，封比干为“国神”。

关于比干之死，在我国民

间还流传着这样一种说法：虽然比干没了心，但因为吃了姜子牙送给他的“补心仙丹”，他并不曾死去。也正因为他没了心，所以他无偏无向，办事公道，因此深受百姓爱戴。当时，在比干手下做生意的人都没有贪心，大伙公平交易，相互间谁也不欺骗谁。因此，后人供奉比干为文财神。

国神比干成为我国民间裘皮行业的始祖，其经历显得极为悲壮。

那么，比干又是如何成为裘皮行的祖师爷的呢？相传，比干有一次外出打猎时，因射杀了一只九尾狐，而引起九尾狐狸精妲己的憎恨。妲己幻化成美女做了王妃，受到纣王的宠爱。她不但挑唆纣王杀害忠良，而且当比干力谏纣王时，她还借机向纣王进谗言将比干处死，剖其腹挖其心，弃之荒野。

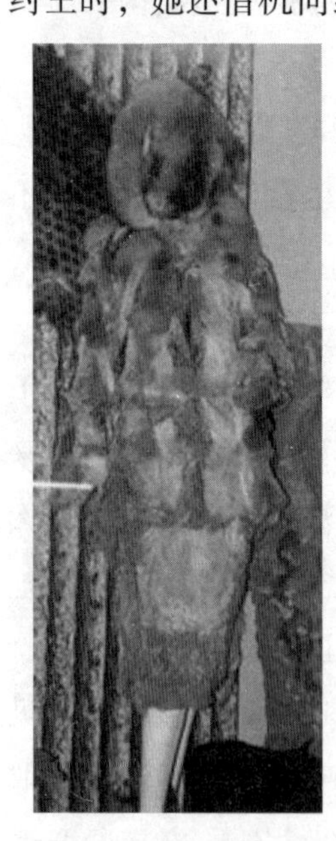

这件制作于清代的裘皮女装，现在看来仍非常靓丽与时尚。

比干成神升天之后，商朝灭亡。妲己被捉之后，现出了九尾狐狸精的原形。比干就把这个死有余辜的九尾狐狸精剥了皮，抽了筋，沤在污水里面，一泡就是二十多天，最后“熟”成了皮筒。

从此，也就有了裘皮这一行业。

裘皮行一直把比干奉为本行业的祖师爷。裘皮匠们议事、定规、拜师收徒都要在祖师爷牌位前进行，牌位上书“比干祖师之神位”。拜师要先拜祖师，再拜师父。逢年过节，还要给祖师爷上香摆供，以求祖师爷保佑生意兴隆，师徒平安。

木匠行的发明大王

木匠是一种古老的行业。木匠以木头为原料，施展绳墨和刨、锯、凿、尺等众多工具，将木料制作成各种各样的家具和工艺品。木匠从事的行业是很广泛的，他们不仅可以制作各种家具，而且在建筑行业、装饰行业、广告行业等也都有所施展。

刨子，是木匠用来为木料刨光或整平的重要工具。

我国民间的木匠行业，可分为大木匠、中木匠和细木匠。大木匠力气要大，心粗马虎一点没有关系，干的是砍树、锯板的粗活。细木匠干活用力轻松一些，但要心细，有耐心，专做橱、床之类的细活。中木匠，介于大木匠和细木匠之间，做不粗不细的活儿。

要当木匠，首先要从粗重活学起，循序渐进。俗话说："千日斧子，百日锛，要学大锯一早晨。"旧时，检验徒弟的手艺或相互间竞争手艺高低时，往往就是做一对"四撑八拃"的方凳。做成之后，将其中一个仰放，另一个四条腿放在仰放木凳的四条腿上。如果两相垂合，严丝合缝，则表明此人技艺精绝。

但总体来说，木匠是劳动强度较大的工作。不管是拿斧头劈，拿锯子锯，还是用刨子刨，用凿子凿，都得用力。用不了两年，木匠徒弟原来那细长瘦小的胳臂就会变得滚圆粗大，青筋凸起。

从事木匠行业的手艺人，大都是普普通通的平民百姓。但在历史上，却偏偏出现了一位"木匠皇帝"，给后人留下了众多趣话，他就是明熹宗朱由校。

木匠和泥瓦匠一样，是我国民间影响最大的行业之一。

朱由校从小心灵手巧，对制造木器有着极浓厚的兴趣。凡刀锯斧凿、丹青揉漆之类的木工活，他都要亲自操作。他手工制作的漆器、床、梳匣等，均装饰五彩，精妙绝伦。

据史料记载，明代天启年间，木匠造的床极其笨重，十几个人才能移动，而且用料多，式样也极为普通。明熹宗便亲自琢磨，设计图样，亲自锯木钉板，一年多工夫便造出一张床来。这张床不但床板可以折叠，携带移动极为方便，而且床架上雕镂有各种花纹，美观大方，为当时的工匠们所叹服。

明熹宗还善于用木材做小玩具，他做的小木人，男女老幼皆具有神态，五官四肢无不具备。他派内监拿到市面上去出售，市人都以重价购买。明熹宗更加高兴，往往干到下半夜也不休息，常令身边的太监做他的助手。

明熹宗潜心于木匠工作，便把国家公务交给奸臣魏忠贤处理。魏忠贤借机排斥异己，专权误国，而明熹宗却耳无所闻，目无所见。可叹他是一名出色的木匠，大明王朝却在他的这双手上摇摇欲坠。但不管怎么说，木匠皇帝朱由校为后世的木匠们增添了几分自豪感。

明熹宗朱由校在政绩上乏善可陈，却因为有一手高超的木匠手艺，在历史上留下了特殊的记忆。

木匠行业在形成的过程中，也产生了一些行规。如木匠的工具很多，他们外出干活时，备有工具箱子，最忌讳别人乱动此箱。还有斧头柄不能装满榫、案头不准妇女坐、忌讳早晨有人来借锉、工具不准人跨，等等。

木匠行业尊鲁班为祖师爷。

鲁班，姓公输，名般，又称“公输子”。因为他是鲁国人，而“般”和“班”同音，古时通用，故人们常称他为鲁班。

木匠工具箱里的工具种类比较多，忌讳别人乱动。

鲁班生活在春秋末期到战国初期，出身于世代木匠家庭。他从小就跟随家人参加许多木工建筑工程的劳动，逐渐掌握了生产劳动的技能，积累了丰富的实践经验。

春秋战国之交，社会变动使当时的工匠获得某些自由和施展才华的机会。在此情况下，鲁班在机械、土木、手工工艺等方面都有所发明。公元前450年前后，他从鲁国来到楚国，帮助楚国制造兵器。他曾发明云梯，准备攻打宋国，但被墨子制止。墨子主张制造实用的生产工具，反对为战争制造武器。最终，鲁班接受了这种思想。

在木匠常用的工具里面，相传有数种是鲁班发明的。他被奉为木匠行的祖师爷，可谓名副其实。

鲁班很注意对客观事物进行观察和研究，受自然现象的启发，他致力于发明创造。一次攀山时，他的手指被一棵小草划破，他便摘下草叶仔细观察，发现草叶两边全是排列均匀的小齿，于是他就模仿草叶发明了伐木的锯。他看到各种小鸟在天空自由自在地飞翔，就用竹木削成飞鹞，让它借助风力在空中飞行。

另据《物原》《古史考》等不少古代典籍记载，木匠使用的不少工具，如曲尺、墨斗、刨子以及凿子、铲子等都是鲁班发明的。这些木工工具的发明，把木匠们从原始、繁重的劳动中解放了出来，使他们的劳动效率成倍地提高，使土木工艺呈现出了崭新的面貌。

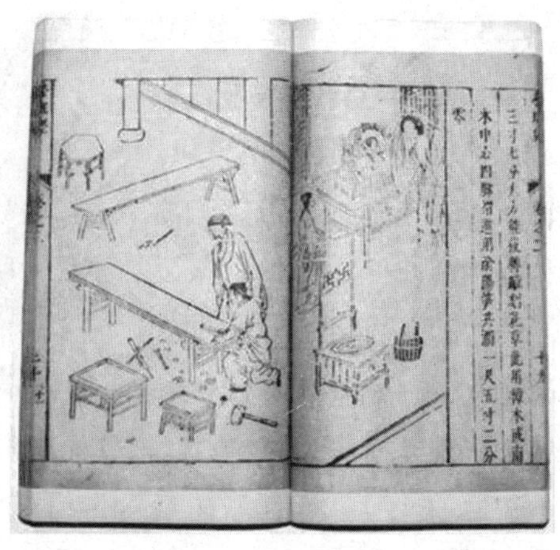
明代午荣汇编的《鲁班经》，是古代木工的经典业务用书。

旧时的木匠行业，每年都要对鲁班进行两次祭祀。一次祭祀是在大年初二。在这一天，木匠们各自在家祭祀祖师，将工具当祀主，摆好供品，然后焚香磕头，此谓“家祭”。另一次祭祀，则是在农历七月二十一鲁班生日这天。这是一次全行业的祭典，设祖师爷牌位，由行会会首率徒弟们焚香置礼，叩拜祖师，此谓“公祭”。

在公祭的时候，还有一项很特别的传统活动，就是派“师父饭”。所谓“师父饭”，其实就是在师父诞辰那天，用大铁锅煮白饭，再加上一些粉丝、虾米、眉豆等。

旧日，每逢年节，木匠人家大都要供奉先师鲁班的神像。

据传，吃了“师父饭”的小孩，不仅能够像鲁班那样聪明，而且还能够快快长高长大，健康伶俐。除此之外，在贺诞这一天，还要请戏班上演大戏，总之是隆重异常。

八百岁高寿的“厨师”

厨师，就是以烹饪为职业的人。旧时，人们称厨师为“厨子”“伙夫”“厨役”等。

在中国历史上，厨师这一职业出现得非常早。大约在奴隶制社会，就已经有了专职的厨师。随着社会文明程度的不断提高，厨师职业也在不断地发展，在我国历史上涌现出许多烹饪技艺高超的“名厨”。

从汉代这幅画像砖拓片上能够看出，当时庖厨的分工已经相当明确，厨师这一职业已经成熟。

据宋代文人王明清撰写的《摭青杂记》记载，南宋时期的宋五嫂烹饪的鱼羹非常有名，她因此得到宋高宗的召见。清代著名文人、美食家袁枚在《随园食单》中，也记载了萧美人、陶方伯夫人、王小余等民间名厨。

只要有饭馆的地方，就必定有厨师。因此，自古至今，厨师的从业人数是非常庞大的。旧时，厨行的等级分类异常严格。厨行，俗称“口上”，组织者称为“厨房头儿”，一般是当时比较有名气的人物。他们在自己家的门口钉一木牌，上写“厨行某人”。凡是做散活（零工）的厨师，都自称是“口上的”。他们把写有自己名字的小木牌，都挂在厨房头儿那里。如果有活干，就把牌子翻过去，做完活之后再翻过来，表示在家等活干。雇主有事可直接到厨房头儿处请人，厨房头儿再根据任务大小安排人力。被约的厨师自带刀、勺、围裙等用具按时到场。结完账之后，厨师要给厨房头儿一定的报酬。

在厨师行业中，最体面的当属御厨。所谓御厨，就是在皇宫内专门为皇帝下厨的厨师。

这是汉代的绿釉陶厨俑。那些已长眠地下者，仍希望在来生继续享用生前的美食，于是诞生了陪葬的庖厨俑。

但是，能够有机会给皇帝下厨的人却寥寥无几。给皇帝做饭菜，那可不是闹着玩儿的事儿。若没有超人一等的拿手绝活，弄不好很快就会丢了饭碗，甚至搭进去性命。因为皇帝贵为天子，穿的是龙袍，住的地方是金銮宝殿，出行以辇代步，吃的是山珍海味，自然不同寻常。

因此，那些御厨就要想方设法烹饪出色香味美的佳肴，以刺激皇帝的胃口。皇帝吃的饭不叫饭，而叫“膳”，吃饭叫“进膳”，厨房叫“御膳房”。清廷的标准御膳，每顿饭有 120 道菜，要摆 3 张大桌子。此外，还有主食、点心、果品等。

因为菜太多，桌子摆得满满的，用餐时远处的菜便够不着。但这也不必担心，皇帝吃饭时并不用自己夹菜，侍候在两旁的太监和宫女们会将美味送到皇帝的嘴边。据说，慈禧太后每顿饭少说要花 200 两银子。

自古至今，我国民间有很多厨艺精湛的厨师，他们烹饪出了许多美味小吃，却没有留下自己的姓名。

据传，彭祖是我国历史上最早的“御厨”。他因为善于调制味道鲜美的雉羹（野鸡汤），被尧帝封于大彭（今江苏徐州市）。

彭祖的“雉羹之道”，逐渐发展成为“烹饪之道”。雉羹，是我国古代典籍中记载最早的名馔，被誉为“天下第一羹”。

传说，彭祖不仅厨艺奇绝，而且还是著名的养生家。据古代典籍记载，彭祖是颛顼的玄孙，相传他活了800岁。关于彭祖的传说，在我国民间流传着许许多多，其中就有这样一个故事：

彭祖做了殷商的士大夫之后，先后娶了四十九个妻子，生了五十四个儿子，他们都一一衰老而终。而彭祖仍然年轻力壮，行动洒脱。当他娶了第五十个妻子之后，他便辞官不做了，隐居在一个小山村里。此时，彭祖已经快800岁了。

他的最后一任妻子很想知道其中的原因，就对彭祖撒娇说："我虽然年轻，身体却不如你好，请你把长寿的秘密告诉我吧，我们也好长相守。"

彭祖看着如花似玉的爱妻，一时高兴就说："告诉你也没有用，是阎王爷不小心把我的名字从生死簿上撕下，做了纸捻子，所以我才活到现在。"

其实阎王早就注意到彭祖了，只是怎么也找不到他的名字，于是就派两个小鬼到彭祖隐居的那个小山村旁边的河里洗炭。

恰巧，彭祖的妻子到河边洗衣服，见有两个人在河里洗炭，嘴里还念念有词："洗黑炭，洗黑炭，洗白黑炭去卖钱……"

彭祖的妻子就说："我家相公活了800岁，也没听说黑炭能够洗白。"

谁能活800岁呢？那两个由小鬼变的人连说不信。于是，彭祖的妻子就把彭祖长寿的秘密告诉了这两个小鬼。小鬼立刻禀报给了阎王，阎王找到那根纸捻子，就派勾魂鬼把彭祖勾走了。

不久，彭祖就去世了，享年800岁。

一个人享寿800年，这显然是不可能的。在西汉史学家司马迁撰写的《史记》里面有如下记载："彭祖氏，殷之时尝为侯伯，殷之末世灭彭祖氏。"上古时期，"氏"多用作氏族

传说烹任出"天下第一羹"的彭祖活了800岁，厨师行业便将其奉为祖师爷。

的称号。由此可见，彭祖实际上是以其命名的一个氏族。

古时人们因为祈望长寿，但又无法抗拒生老病死的自然规律，所以虚拟出这样一个美丽的传说。不过想来，真实的彭祖虽然活不到800岁，也一定是个长寿翁。彭祖的长寿，与他精通养生、善于食疗不无关系。

厨师手艺的好坏，最重要的就是一个“鲜”字。据传，“鲜”这个字也是由彭祖而来。彭祖的小儿子夕丁喜欢捉鱼捕虾，彭祖因为害怕这个宝贝儿子淹死就不让他去。所以，夕丁每去一次，彭祖都会狠狠地教训他一顿。

有一次，夕丁捉了几条鱼回来让母亲做，当时家里正好炖着羊肉，于是他的母亲就把鱼肉藏在羊肉里面。彭祖吃了之后感觉鲜美无比，他问明其中缘由，马上如法炮制，创制出了一道非凡的名馔——羊方藏鱼。这道名馔，被后人尊之为“百馔之宗”。从此，也就有了“鲜”这个字。

此菜经历代传承改进，现在已经成为徐州传统名菜，与徽菜中的“鱼咬羊”和京菜中的“潘鱼”齐名，它们号称鱼羊合烹的三大美味。

彭祖是我国民间第一位著名的职业“厨师”，而且是寿命最长的厨师，因此被民间厨行奉为祖师爷。

第四辑　商贾经营篇

商贾楷模陶朱公

中国的商业，早在奴隶制时期的商代和西周就已经产生了。在商朝的繁荣时期，一部分商族人经常到周边民族地区进行农贸产品互换。因此，在外族人的心目中，做买卖的就是商族人。商朝灭亡之后，商族人做买卖的就更多了。

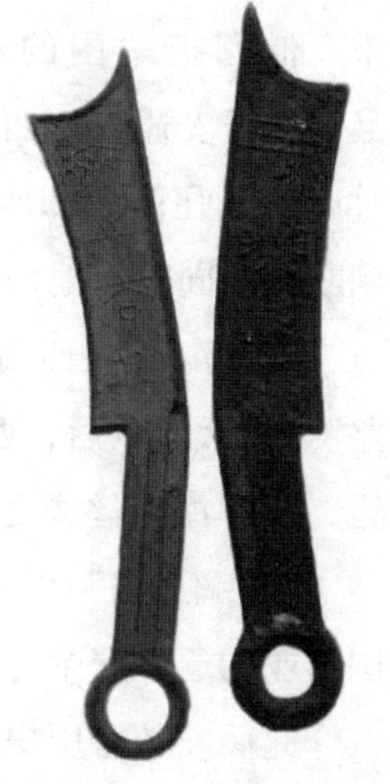

春秋战国时期，齐国燕国的刀币。

西周初年，武庚叛乱，为周公所平。为了防止殷商遗民再度造反，周公便命令他们迁居洛阳，从事经商活动，故而他们被称为“商人”，他们的职业也被称为“商业”。

最初，人们把做贩运贸易的称作“商”，坐售货物的叫作“贾”，即所谓的“行曰商，处曰贾”。到了春秋时期，商贾已经被列为“四民”之一。

四民，即“士、农、工、商”，士为首，商为末。直到宋朝时期，仍有商人穿鞋必须着一黑一白的劣规。

被誉为世界上最早计算机的“算盘”，是中国古代商业贸易的见证。

当时的商业活动虽然在市场上进行，但政府垄断市场，掌握物价。据古代典籍《左传》记载，郑国、卫国、宋国有“诸师”，鲁国有“贾正”等官吏管理市场。官府商业和官府工业一样，主要是为了保证奴隶主贵族的需求，不是为了发展和扩大商业贸易。

西汉时期，张骞出使西域，开辟了历史上著名的贸易通道——丝绸之路。

到了西汉时期，张骞出使西域后，汉朝的使者、商人接踵西行，西域的使者和商人也纷纷东来。他们把中国的丝绸和纺织品，从长安通过河西走廊（在今甘肃）运往西域和西亚，再转运到欧洲。同时，他们把西域各国的奇珍异宝输入到中国内地。

这条沟通中西贸易的陆上要道，就是历史上著名的“丝绸之路”。汉武帝以后，西汉的商人还经常出海贸易，开辟了海上交通要道，即“海上丝绸之路”。

“丝绸之路”的开辟，是人类文明史上的一个伟大创举，它为中国商业的逐步繁荣与发展，奠定了坚实的基础。

此后，随着历史的发展，我国民间先后形成了鲁商、徽商、晋商、浙商等闻名于世的商帮。明清时期的晋商、徽商，为当时全国势力最大的两个商帮。时至今日，晋商、徽商的影响仍然不小，其经营之道、管理制度以及兴衰历史，对人们仍有十分重要的借鉴价值。

自古至今，商业都是一个城镇活力发展的基础。

自古至今，我国民间的商业人士，将陶朱公奉为本行业的祖师爷。陶朱公，即春秋末期的著名政治家、军事家和经济学家范蠡。那么，我国民间的商业人士为何将范蠡尊为祖师爷呢？

范蠡出生于楚国，家境极为贫寒，但他却聪明睿智、胸藏韬略。年轻时他就学富五车，上晓天文、下识地理，无所不精。

公元前496年前后，他来到越国，并辅佐勾践二十多年，最终助勾践于公元前473年灭掉吴国。功成名就之后，他竟选择了隐退。他携带家眷乘船来到齐国，隐姓埋名，在海边选了一片土地，带领家人开荒种田，并引海水煮盐。他日出而作，日落而息，只用了数年的时间，便积攒下丰厚的家产，成为闻名当地的巨富。

范蠡不仅经商有道，而且仗义疏财。他被奉为商业的始祖，也算是实至名归。

范蠡暴富之后，并没有沉湎于安逸享乐当中，而是把大部分资财散发给乡邻好友，携带一家人重新迁居。

一天，他们来到了宋国的陶邑（今山东定陶县），看到那里交通发达，客商云集，店铺鳞次栉比，十分繁华。这正是他理想的地方，他便定居下来，并改名“陶朱公”。

范蠡在经商的时候，特别重视物资信息、市场动态，采取薄利多销的原则。因此，只要是他看准的项目，经营起来都是购销两旺。

在古代，农产品是市场上最大宗、最主要的商品。但农业有很强的季节性，每年气候不同，产量就不同，对市场价格有很大影响。好在季节和气候的变化大致有一定的规律，丰年和灾年往往轮换交错。

古代商号用来记录生意往来的账簿。

根据这个规律，范蠡在丰年的时候就大胆收进。灾年粮价上涨的时候，他就尽量抛售。如此一来，他不但自己致富，也平抑了物价，避免了丰年时粮价便宜伤农、灾年时民不聊生的情况。这一做法，为后世历朝

年画上面描绘的是商铺年终结账时的情景。账簿堆满桌，金银堆满架，寓意生意兴隆，利润大丰。

历代解决饥荒问题提供了极有价值的参考。

范蠡的生意越做越好，财源滚滚而来，只用了几年时间，他就积累了亿万家财，几乎成为天下最大的富翁。“陶朱公”这个名字，也因此名扬天下。经商之人一听说陶朱公的大名，无不敬佩赞叹，他成为天下商人的楷模。

后来，世人便将陶朱公奉为商业的始祖。

仗义疏财的马援

典当行业，是我国民间一个非常古老的行业，由其衍生出的营业机构，被称为典当行或当铺。旧时的当铺，大都设有高大的柜台，门外墙上写着巨大的“当”字，总给人一种神秘的隔世之感。

一个大大的、冷森森的“当”字，不知道隐藏着多少人的辛酸。

“典当”一词，最早出现在南朝历史学家范晔编撰的《后汉书》里面。书中描述，东汉末年黄巾起义，甘陵相刘虞奉命攻打幽州，与部将公孙瓒发生矛盾。“虞所赍赏，典当胡夷，瓒数抄夺之。”刘虞原打算把受赏之财质押外族，却被公孙瓒劫掠。这是历史上将“典当”二字最早连用的一次。

另据南朝梁萧子显撰写的《南齐书》、唐代李延寿撰写的《南史》等记载，中国典当行业在南北朝时期就已经出现了。只是它产生以后，曾一度局限于寺院经济。然而从唐朝起，典当行类型开始增多，即除了僧办以外，还有民办和官办。民办是地主商人经营，官办又有官僚自营和政府投资两种。这样便打破了寺院独办的单一典当模式。

唐代的当铺，被称为“质库”。一些贵族官僚纷纷修建店铺，开设“质库”，从事高利贷业务。宋代的当铺，则称为“长生库”。由于宋朝的社会经济日益发展，“长生库”也越来越多。当时的富商大贾、官府、军队、寺院、大地主等，纷纷经营以物品作抵押的房贷业务。宋人“长生库”抵押的物品，除一般的金、银、玉、钱、货之外，有时候甚至包括奴婢、牛马等有生命的东西。而普通的百姓，则多以生活用品作为抵押。

一贯钱，是由1000枚一文的铜钱串在一起的，约等于一两白银。

“长生库”放款时限短，利息高，还任意压低质物的价格。若到期不还，则没收质物，因此导致许多人倾家荡产。

到元末明初时，僧办典当行急剧减少，并逐渐退出历史舞台。取而代之的，主要是民办典当行。明朝时才正式出现“当铺”这个名词。当时，从事典当业的多为山西、陕西及安徽的商人，各个名都大邑都有他们开设的当铺。有的商人则专以典当为业，并积累下巨额财富。其中，最著名的是徽州当商。

据清初文人计六奇撰写的《明季北略》记载：在北京的徽商汪箕，“家资数百万，典当数十处”。这些商人经营的范围，比以前更加广泛。不仅一般的平民受剥削，甚至有的富有之家也因典当而濒临破产。

明朝的乡镇中还有“代当”，亦称“代岁”或“接典”。这些当铺作为大当铺的分店，称为“本代”；若只与大当铺订立合同，经营质押的代理业务，则称“客代”。

古代当铺的营业场景图。

进入清代之后，社会典当行业的发展极为迅猛。据史料记载，在康熙时期，全国当铺的数量至少有两万余家。到了乾隆时期，仅北京城内外，官民开设的当铺就有六七百家。当时的首席大学士和珅便拥有当铺七十五家。

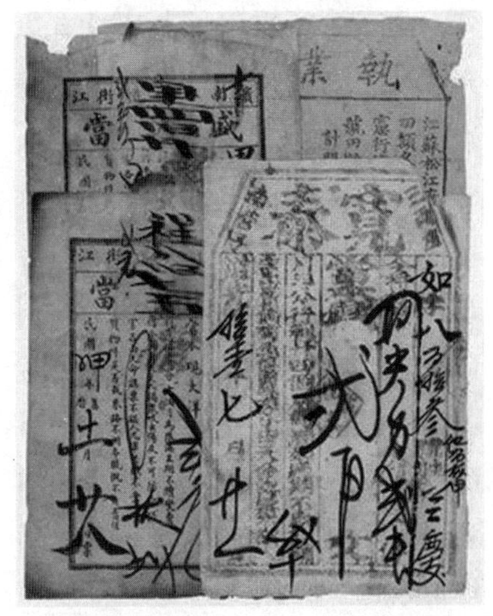
当票，是当铺收取当物之后出具的收据，是赎取当物的唯一凭证。

鸦片战争以后，由于城乡人民生计日益艰难，典当行业出现了典铺、当铺、按铺、押店等不同等级的划分。最大的是典铺，资本较多，赎当期较长，利息较轻，接收不动产和动产抵押，对押款额不加限制。当铺只接收动产抵押，押款定有限额。再次为按铺，多为晋商、徽商等投资的当铺分店，赎当期长短不一，利息较高。押店最小，赎当期最短，利息也最高。

至光绪十四年（1888 年），北京当铺有二百多家，其中资本较为殷实的当属常、刘、董、孟、赵这五家字号。这些当铺的经营资本，多来自于清内务府官员和太监。而北京以外各省当铺共七千多家，较之以前减少了很多。

到 1900 年前后，全国登记的当铺数量减至四千余家。押店则继续增长，其营业重点也逐步由城市转入乡镇。

新中国成立后的一段时间，典当行曾被禁止营业。如今，国家已经开放典当业经营，在通过所有审核之后，典当属于合法经营的范围。

旧时，我国民间的典当行业，将东汉著名的军事家马援奉为祖师爷。

马援的祖先，是战国时赵国名将赵奢。赵奢因为战功卓著，被赵惠文王赐号为“马服君”。从此，赵奢的后人便以马为姓。马援12 岁时，父亲病故。马援胸怀大志，最初曾跟人学习《齐诗》，但其心不在章句上。于是，他向长兄马况告辞，说要到边郡去种田放牧。马况很开明，同意了他的选择。

还没等马援动身，马况便去世了。马援便留在家中，为哥哥守孝一年。一年当中，他从没有离开过马况的墓地。他对守寡的嫂嫂也非常敬重，不整肃衣冠，从来不踏进家门。

旧时的典当行，把仗义疏财的东汉名将马援奉为始祖，免不了扯虎皮当大旗之嫌。

后来，马援当上了郡中的督邮。一次，他奉命押送囚犯到司命府。囚犯身有重罪，马援非常可怜他，便私自将他放掉了，自己则逃往北地郡（今甘肃庆阳西北）。后来天下大赦，马援就在当地畜养起牛羊来。

不断有人从各地赶来投奔他，于是他手下就有了几百户人家。马援种田放牧能够因地制宜，因此收获颇丰。当时，他共有牛、马、羊数千头，谷物数万斛。后来，他把所有财产都分给了亲戚朋友，自己却过着简朴的生活。对此，有些人很不理解，他却如此回答：“凡集聚起来的财产，贵在救贫济困，不然就成了守财奴！”

再后来，由于群雄四起，战火不断，他毅然参军入伍。

建武八年（公元32年），他投奔识人用贤的光武帝，并协助刘秀西平隗嚣。在破羌安陇的战斗中，他身先士卒，即便腿肚子被箭射穿，流血不止，仍英勇奋战，直到获胜。光武帝曾赐他3000只羊，300头牛，他却将这些犒赏品全部分发给了部下。因此，他深得将士们的敬重和拥戴。建武十七年，他被授予“伏波将军”的官职。

旧时“同义”当铺的招牌。

建武二十三年冬，南方武陵（今湖南常德）蛮发生暴动，朝廷多次派官兵镇压仍不能取胜，朝野为之震惊。

这时马援已年逾六旬，疾病缠身。但他闻讯之后，从床上一跃而起，披挂上马，请缨出战。光武帝怜他年老体衰，马援却说：“老当益壮，我还能披甲上马!”

他率军奋战在沙场之上，屡战屡胜，后来终因病重逝于征战的途中，实现了他“马革裹尸”的壮志。

或许，那些当铺的经营者们，正是看中了马援忠孝的气节与仗义疏财的精神，才奉他为本行业的始祖。

从表面来看，典当行能够拯人一时之危，但它实乃经营者为自身谋求最大利益之所。马援的仗义，与典当行的贪婪形成鲜明的对比。若马援在天有灵的话，是否会感到愤慨呢?

孟尝君的“大旅馆”

每当行走在街市上，只要留意，就会发现身边有许许多多的旅馆。其中，有装修豪华的星级宾馆，也有普通的家庭式的小旅店。旅馆的存在，为人们出差或旅行住宿提供了十分便利的条件。

旅馆，又称客栈、客店、旅店等。中国古代最早的旅馆，称为“逆旅”或“驿站”。商朝时就有了“驿站”，当时它是供官方传递文书和往来宾客居住的处所。西周初期，为了方便诸侯进贡和朝觐，朝廷在通往都城的道路上广修客舍，来宾按照身份的高低，分别受到不同等级的接待。这实际上是一种官府经营的旅馆。

春秋战国时期，随着商业的兴盛和交通的发达，民间旅馆业渐渐兴起。这些旅馆大都食宿不分，主要为过往的商人服务。

西汉时期，旅馆的范围得到扩大。在当时的都城长安，馆舍星罗棋布，不仅有各地客商住的“郡邸”，也有专供外宾居住的“蛮夷邸”。

驿站是古代专供官方传递文书和往来宾客居住的处所。

据《旧唐书》记载：唐太宗即位之后，恢复了地方官朝觐制度，为了使官员住宿方便，他下令建造“邸第三百余所”。当时，水路驿道纵横交错，每隔 30 里就有一所驿站。全国共有驿站 1639 所，以首都长安为中心的驿道，四通八达。

无论过去还是现在，旅馆的存在，为人们的出行住宿提供了极大的方便。

“客店”这一名字，始见于唐代。唐代著名诗人白居易在诗中写道：“高置寒灯如客店，深藏夜火似僧炉。”

宋代文人孟元老在《东京梦华录》里面，对当时京都汴梁的“客店”有详细的描述：当时的州桥东街巷以东，沿城全是客店。从南方而来的官员、商贾、兵役，全都在此住宿。“清风楼”，为东京城最为豪华的客店，供那些高官富豪住宿。潘楼街南面的“鹰店”，则专供那些贩卖鹰鹘的商客居住……到了元代，旅馆已经成为最兴旺的行业之一，甚至出现了皇家开办的旅馆。

明清时期，商业颇为发达，尤以沿海地区和大城市为甚。因而大城市与沿海地区的民间客店数量，完全超越了前代。官府对其采取统一管理，设置“店历”就是其中的一项管理措施。

当时，仅北京城内就有旅馆四百多家。旅馆的经营者纷纷题写迎合接待对象意愿的匾额，并以此作为旅店的字号或名称。譬如那些以接待进京赴试举子为主的旅馆，多悬挂“状元店”“连升店”“三元店”之匾。三元，即乡试中的解元，会试中的会员，殿试中的状元，“三元店”寓意投宿者每试必中。

“战国四公子”之一的孟尝君，被我国民间的旅馆行业尊为祖师爷。

接待南北商客的旅店，多冠名“万隆店”“广源店”“亿魁店”等，寓意住店客人生意兴隆。接待一般的旅行者，则多以“吉顺”“福星”“悦来”等为字号，寓意客人旅途平安。

旧时的旅馆，除了悬挂匾额之外，还挂有楹联，如常见的有“孟尝君子店，千里客来投”“近悦远来，宾至如归”等。

过去的旅馆行业，将孟尝君奉为本行业的始祖。在旅店开业或年节的时候，旅馆的掌柜都要虔诚地祭拜孟尝君，以求财源广进。

孟尝君，名田文，是中国历史上“战国四公子”之一。他的父亲靖郭君田婴，是齐威王的幺儿、齐宣王的异母弟弟。田婴曾在齐威王时担任要职，在齐宣王时担任宰相，受封于薛（今山东滕州东南），权倾一时，谥为靖郭君。田婴死后，他的儿子田文承袭，是为孟尝君。

孟尝君为了巩固自己的地位，广纳人才，凡是投奔到他门下的，他都收留下来，供养他们。这种人称为“门客”，也叫做“食客”。据说，孟尝君门下一共养有三千多名食客，许多人并没有什么特别的本领，只不过是混口饭吃罢了。

当时，孟尝君的名气非常大，连秦昭王都对他既羡慕又害怕。秦昭王想启用孟尝君这种“人才”做秦国的丞相。

于是，秦昭王便利用一些外交手段，逼迫孟尝君来到了秦国。但秦昭王手下的一些大臣却极力反对，他们谏言道：“孟尝君当丞相就必定替齐国打算，他手下人多，声望又高，如果当权必一呼百应，那样秦国不就很危险了吗？”

秦王无奈，想把孟尝君送回去，可是又怕他已了解秦国许多情况，对秦国不利，于是便下令将孟尝君软禁了起来。

孟尝君十分着急，他打听到秦王身边有个宠爱的妃子，就托人向她求助。那个妃子便叫人传话，说她可以在大王面前替他美言几句，条件是孟尝君必须送她一件银狐皮袍。然而孟尝君手上只有一件，而且已经送给了秦昭王。

孟尝君广纳人才，食客三千，他的官邸就像一个特殊的“大旅馆”。

孟尝君的一名门客便自告奋勇，偷偷摸进皇宫，找到内库，将那件银狐皮袍偷了出来。孟尝君把银狐皮袍送给那个妃子之后，她便劝说秦昭王把孟尝君放了。秦昭王果然同意了，并发下过关文书，让孟尝君他们回齐国。

客栈云集的湘西民间。

孟尝君得到文书之后，当夜便与众门客赶往函谷关，他是担心秦昭王再反悔。到达关前，正好上半夜里。依照秦国的规矩，每天早晨，关口要等到鸡鸣的时候才许开关放人。正在大伙一筹莫展之际，忽然有个门客捏着鼻子学起了鸡叫，随后一声跟着一声，附近百姓家的公鸡全都叫了起来。

守关的士兵听到鸡鸣便打开了城门，让孟尝君等人出了关。正如孟尝君所料，秦昭王果然后悔了，他派兵到函谷关追赶，但孟尝君早已经走远了。

孟尝君回国之后，齐王对他完成出使秦国的使命感到非常满意，便拜他为齐国相国。从此，他门下的食客就更多了。

孟尝君在自己的府邸内，不光养了那么多的门客，还对他们热情款待。他的府邸更像是一个热闹非凡的“大旅馆”，又因为他出身名门，所以后世以经营旅馆为业者，都将其奉为祖师爷。

从诗人到“茶仙”

在旧日的街市上，有不少挑着茶水，售卖大碗茶的摊贩。

茶馆，又称茶楼、茶铺、茶肆、茶坊、茶室等。它是爱茶者的乐园，也是人们休息、消遣和交际的场所。

茶馆的雏形是茶摊，我国最早的茶摊出现在晋代。据《广陵耆老传》记载，在晋元帝时期就已经有人提着大茶壶，到市上卖茶水，生意非常好。只不过在当时它还属于流动摊贩，不能称为茶馆。

而关于茶馆最早的文字记载，见于唐代封演撰写的《封氏闻见记》。唐代的商业非常繁荣，为了适应经济活动的需要，从京城长安到四川、山东、河北等地的大中城市里，已经出现了许多煎茶、卖茶的茶铺。只要投钱，便可自取随饮。由此可见，茶馆应该是商业经济活动的产物。

唐朝中期，国家政治稳定，社会经济空前繁荣，陆羽《茶经》问世，使得天下都知道饮茶的好处。因此，茶馆不仅在产茶的江南地区迅速普及，而且也流传到了北方城市。这时，茶馆除了是人们消渴之处外，还是人们休息和进餐的理想场所。

至宋代，便进入了中国茶馆业兴盛的时期。宋代画家张择端的《清明上河图》，便生动地描绘了当时繁荣的市井景象，再现了商贾云集、百业兴旺的情形，其中就有很多茶馆。而宋代文人孟元老在《东京梦华录》中的记载，则更能使人感受到茶馆业的兴盛："茶坊每五更点灯，博易买卖衣服、图画、花环、领抹之类，至晓即散，谓之'鬼市子'……旧曹门街，北山子茶坊内，有仙洞、仙桥，仕女往往夜游吃茶于彼。"

龙头茶壶，气势非凡，是民间大碗茶的象征。

南宋小朝廷偏安江南一隅，定都临安（今杭州）。王公贵族们骄奢、享乐、安逸的生活，使杭州这个产茶地的茶馆业更加兴旺发达起来。当时的杭州城内，不仅处处有茶坊，而且经营者还独具匠心地装修店面，并雇请艺人敲打响盏卖歌，以吸引更多的茶客。

宋代的茶馆具有很多特殊的功能，如供人们喝茶聊天、品尝小吃、谈生意、做买卖和进行各种演艺活动、行业聚会等。

明代，茶馆业进一步发展，对用茶、择水、选器、沏泡、火候等都有一定的要求。与此同时，京城里卖大碗茶业开始兴起，并被视为三百六十行中正式的行业。

作为茶馆雏形的茶摊，因为方便实惠，很受普通民众的欢迎。

清代，八旗子弟饱食终日，无所事事，促使茶馆业更加兴旺。大小城镇，茶馆遍布。尤其是在康熙、乾隆年间，茶馆成了上至达官贵人，下及贩夫走卒重要的活动场所。当时，北京的茶馆大体可分为三类：一是茶饭兼营的茶馆，多冠名“天”字号，著名的有“天福”“天禄”“天泰”等；二是只卖茶的茶馆，茶客们可以在茶馆里参与下棋、猜谜等活动；三是设在郊外或大路旁、绿荫下的野茶馆、土茶馆。

过去，普通茶馆的茶具大都比较粗陋，但这并不影响人们品茶和聊天的雅兴。

南京著名的茶馆有“鸿福园”和“春和园”，它们都在文星阁的东首，除供应茶水外，还供应瓜子、酥烧饼、春卷、水果等“茶点”。

上海茶馆开设最早，影响较大的有“一洞天”“丽水台”等。到了清代后期，又开设了广式茶楼，如“同芳居”“大三元”“新雅”等。

广州的茶楼极负盛名，一日之内，除“早茶”之外，还有“午茶”“晚茶”。清朝同治年间，广州还出现了一种名叫“二厘馆”的茶馆，到光绪年间已经遍及全城。这种“二厘馆”，每位茶客的价位仅二厘而已，一般用石湾粗制的绿釉壶泡茶，还供应菜粉、松糕、大包等价廉物美的“茶点”。

清末民初，北京出现了以说评书为主的茶馆。这种茶馆，上午

旧时，苏州人在茶楼听评弹的群塑像，那时的茶楼是人们的一个重要娱乐场所。

卖清茶，下午和晚上请艺人临场说评书，行话为“白天”“灯晚儿”。茶客们一边听书，一边品茶，倒也悠哉。

然而，随着政局的极度动荡，战乱不止，社会经济几乎崩溃，茶馆业也日渐萧条。当时的茶馆除供普通百姓喝茶外，还充当“茶会”市场、地痞流氓“吃讲茶”的场所、“包打听”（侦探）的办案之地和三教九流的麇集地。

著名作家老舍先生创作的经典话剧《茶馆》，便是对那个时期茶馆和社会现状的真实写照。

我国旧时的茶馆业，将唐代诗人卢仝尊为祖师。

卢仝（约795—835年），是“初唐四杰”之一卢照邻的嫡系子孙。他自幼家境贫寒，仅有破屋数间。卢仝刻苦读书，博览经史，工诗精文，是“韩孟诗派”的重要人物之一。他一生爱茶成癖，并著有《茶谱》一书，被世人尊称为“茶仙”。

他的一曲《七碗茶歌》最为脍炙人口：“一碗喉吻润；两碗破孤闷；三碗搜枯肠，唯有文字五千卷；四碗发轻汗，平生不平事，尽向毛孔散；五碗肌骨清；六碗通仙灵；七碗吃不得也，唯觉两腋习习清风生。”

诗人以神乎其神的笔墨，描写了饮茶的感受。茶对他来说，不只是一种口腹之饮，还给他创造了一片广阔的精神世界。当他饮到第七碗茶的时候，只觉得两腋生出习习清风，飘飘然，悠悠飞上了青天。

《七碗茶歌》的问世，对饮茶有益的传播，饮茶风气的普及，起到了推波助澜的作用。后人认为唐朝在茶叶上影响最大、最深刻的三件事是：

陆羽的《茶经》，卢仝的《七碗茶歌》和赵赞的“茶禁”（即对茶征税）。卢仝的《七碗

一曲《七碗茶歌》，令卢仝扬名天下，他也被民间的茶馆行业奉为始祖。

茶歌》还流传到日本，并演变成“喉吻润、破孤闷、搜枯肠、发轻汗、肌骨清、通仙灵、清风生”的日本茶道。

一曲《七碗茶歌》，自唐以来，历经千余载，至今传唱不衰。因为卢仝对我国茶文化的推广与发展做出了不可磨灭的贡献，所以民间茶馆业尊奉他为始祖。

第五辑　手工制造篇

毕昇与活字印刷

印刷术，是中国古代四大发明之一。它是中华文明的重要组成部分，随着中华文化的诞生而萌芽，随着中华文化的发展而演进。

早期的先民，为了记载社会上的重大事件，将文字符号刻在兽骨上面。这是公元前1600年前的兽骨刻辞。

早期，人们为了记载事件，传播经验和知识，创造了文字符号，并寻求记载这些字符的媒介。由于受当时生产能力的限制，人们只能用自然物体来记载文字符号，譬如把文字刻在岩壁、兽骨、石块、树皮等自然材料上面。由于记载文字比较费事，因此人们只好将重要的事件做简要的记载。大多数人的经验，只能依靠口头进行传播，这就严重影响了社会文化的发展。

印刷术的发明，大大改变了这种窘境，人们积累的经验可以写成文字，进行大批量地复制、传播，这就使社会的文化面貌发生了巨大的变化，从而使更多人有了读书的机会。

我国的印刷技术，经过了雕版印刷和活字印刷两个阶段。古时，随着印章、拓印、印染技术的逐步发展，雕版印刷技术应运而生。

印章在先秦时期就已经出现了，一般只有几个字，表示姓名、官职或机构。印文均刻成反体，有阴文和阳文之别。在纸张没有出现之前，公文和书信都写在简牍上，写好之后用绳子扎住，而后在扎结处放上一块黏性泥巴封好。将印章盖在泥上，称为“泥封”。泥封就是在泥上印刷，这是当时用来保密的一种手段。

战国时期的泥封。这是当时社会上的一种保密手段。

纸张出现之后，泥封演变为“纸封”。所谓纸封，就是在几张公文纸的接缝处或公文纸袋的封口处盖印。

拓印，是印刷技术产生的重要条件之一。在石碑上盖上一张微微湿润的纸，用软槌轻轻拍打，使纸陷入碑面文字凹下处，待纸干后，再用布包上棉花，蘸上墨汁，在纸上轻轻拍打，纸面上就会留下黑地白字，跟石碑一模一样的字迹。古人发现，这种方法比手抄简便、可靠，于是拓印就出现了。

印染技术，对雕版印刷也有很大的启示作用。印染，是在木板上雕刻出花纹图案，用染料印在布上。我国民间的印花版，主要有凸纹版和镂空版两种。在发明纸张以后，这种技术同样可以用于印刷方面。只要把布改成纸，把染料改成墨，印出来的东西就成为雕版印刷品。

雕版印刷的过程大致是这样的：将书稿的字样写好之后，使有字的一面贴在木版上，即可进行刻字。刻工用不同式样的刻刀，将木版上的反体字墨迹刻成凸起的阳文（凸起约1～2毫米），同时将木版上其余空白部分剔除，使之凹陷，然后，用热水冲刷雕好的版，洗去木屑等，刻版过程就完成了。

雕版印刷术，是中国历史上一项伟大的创造。

印刷时，用圆柱形平底刷蘸墨汁，均匀地刷在版面上，再小心地把纸覆盖在版面上，用刷子轻轻地刷纸，纸上便印出文字或图画的正像。将纸从印版上揭起，阴干，印制的过程就完成了。一个印工，一天可以印 1500 ~ 2000 张，一块印版可连印万余次。

雕版印刷技术的出现，极大地丰富了时人的文化生活，也推动了历史文化的进程。唐穆宗长庆四年（824 年），诗人元稹为白居易《白氏长庆集》作序，说到当时扬州和越州一带，到处都有人将白居易和他的诗作“模勒”，在街上出售或用来换茶酒。元稹所说的“模勒”，就是刊刻。

北宋时期纸币“交子”的印版，它是中国历史上最早的纸币印版。

唐末战乱期间，跟随唐僖宗逃往四川的柳玭，在他的《家训》序里也提到，他在成都的书店里看到过很多关于阴阳、杂记、占梦等方面的书籍。这些书，大都是雕版印刷的。由此可见，当时民间的印刷业已经比较发达了。

到了宋朝，印刷业更加兴盛起来，全国各地到处都有刻书的。北宋初年，成都印刷的《大藏经》，刻版有 13 万块。北宋政府的中央教育机构——国子监，印刷经史方面的书籍，刻版也有十多万块。通过这两个数字，可以看出当时印刷业的规模之大。

古代印刷使用的泥活字。

雕版印刷术，的确是一个伟大的创造。一种书，只需要雕一次木版，就可以印刷很多本书，比手写不知道要快多少倍。可是，用这种方法，印一种书就得雕一次木版，耗费的人工仍然很大。有些书的字数很多，常常要雕好多年才能雕好，万一这部书印了一次不再重印了，那么雕好的木版就完全没用了。

那么，有没有办法加以改进呢？

到了宋仁宗庆历年间，有一个名叫毕昇的人，终于发明了一种更进步的印刷方法——活字印刷术。这一技术的出现，将我国的印刷技术提升到一个更高的台阶。

北宋时期的毕昇发明了活字印刷，将中国的印刷事业推向一个崭新的高度，他也因此被印刷界尊奉为祖师。

毕昇用胶泥做成一个个四方长柱体，一面刻上单字，再用火烧硬，这就是一个活字。在印书的时候，先预备好一块铁板，上面放上松香和蜡之类的东西。在铁板四周围上一个铁框，在铁框内密密地排满活字。满一铁框为一版，再用火在铁板底下烤，使松香和蜡熔化。另外用一块平板在排好的活字上面压一压，把字压平，一块活字版就排好了。

接下来就跟雕版印刷一样，只要在字上涂墨就可以印刷了。为了提高效率，他准备了两块铁板，组织两个人同时工作。一块板印刷，另一块板排字，两块铁板交替着用，印得很快。

毕昇把每个常用字刻二十多个，冷僻生字则临时雕刻，用火一烧就成了，非常方便。印刷完之后，再把铁板放到火上烤一烤，使松香和蜡等熔化，然后将活字拆下来。这些活字下次还可以再使用。这就是最早发明的活字印刷术。这种胶泥活字，被称为“泥活字”。

近代印刷使用的铅活字，极大地提高了活字的使用寿命。

毕昇发明的印刷术与今天先进的技术相比，虽然很原始，但活字印刷术的三个主要步骤，即制造活字、排版和印刷，都已经具备。毕昇发明的活字印刷术，大大提高了印刷效率。然而他的发明并没有受到当时统治者和社会的重视，他死后，活字印刷术仍然没有得到推广，他创造的胶泥活字也没有保留下来。但是，他发明的活字印刷技术却流传了下来。

清代印书馆的蜡像，工人们正在悉心地挑字、排版。

之后，科学家沈括对毕昇的活字印刷术加以改进，并大力进行推广。活字印刷术终于获得社会的认可。南宋文学家周必大，老年时从沈括那里学来活字印刷术，印刷自己的著作。他也做了一点小改进，把铁板改为铜板。铜板比铁板传热性能好，更容易使粘剂熔化。

元代的姚枢大力提倡活字印刷，他教授弟子杨古用活字印书，先后印成了朱熹的《小学》《近思录》等书籍。

公元15—16世纪，铜活字在江苏无锡、苏州、南京一带流行开来。铜活字印刷在清代进入新的高潮，最大的工程要算印刷数量达万卷的《古今图书集成》了，估计用活字100~200万个。

1450年前后，德国美因茨的谷腾堡受中国活字印刷的影响，采用合金制成欧洲拼音文字的活字，用来印刷书籍。

活字印刷的发明，是印刷史上的一次伟大革命。它为我国文化经济的发展开辟了广阔的道路，为推动世界文明的发展做出了重大的贡献。后世为了纪念毕昇在活字印刷术上的杰出贡献，将其奉为印刷行业的祖师。

黄道婆黎族学艺

原始纺坠的发明，对后世纺织工具的发展影响巨大。

纺织业，是中国民间一项非常古老的行业。早在原始社会时期，我们的先人为了抵御寒冷，直接用草叶和兽皮蔽体，慢慢地又学会了采集野生的葛麻、蚕丝等，并利用猎获的鸟兽的皮和毛羽，进行撮、编，而后织成粗陋的衣服，由此发展出了编织技术。

新石器时代晚期，人们开始将编织技术用于制作服饰。据西汉淮南王刘安的《淮南子》记载："伯余之初作衣也，緂麻索缕，手经指挂，其成犹网罗。"这种网罗式的衣服虽然简陋，但它的产生是人类走向文明的标志。编织工艺的发展，为纺织技术的产生创造了有利的条件。

纺坠，是我国历史上最早被用于纺纱的工具，它的出现至少可以追溯到新石器时代。根据考古资料统计，在全国三十多个省市已发掘的早期先民遗址中，几乎都有纺坠的主要部件纺轮出土。

纺轮有石质、骨质、陶质和玉质等，形状有圆形、球形、锥形和齿轮形等。早期的纺轮比较厚重，适合纺粗的纱线。新石器时代晚期，纺轮开始变得轻薄而精细，可以纺更纤细的纱。

纺坠的出现，不仅改变了原始社会的纺织生产，而且对后世纺织工具的发展，也有十分深远的影响。根据纺坠工作原理发明的单锭手摇式纺车，由一个锭、一个绳轮和一个手柄构成。纺车的发明，不仅提高了纺纱的质量，而且使人们可以根据织物的要求，纺制粗细不同的纱线。经过不断的改进，单锭逐步改为多锭，手摇改为脚踏。脚踏纺车，是我国古代纺织机械史上的一项重要发明。

纺线车，是将棉花纺织成棉线的简易工具。它纺织出的棉线，是老粗布的原始材料。

早期纺车锭子的数目一般是 2～3 枚，最多为 5 枚。宋元时期，随着社会经济的发展，在各种传世纺车器具的基础上，逐渐产生了一种有几十个锭子的大纺车。

大纺车与原有的纺车不同，其特点是：锭子的数目多达几十枚，利用水力驱动。这些特点，使大纺车具备了近代纺纱机械的雏形，适应大规模的专业化生产。以纺麻为例，通用纺车每天最多纺纱 3 斤，而大纺车一夜可纺纱一百多斤。

这是当时世界上最先进的纺纱机械。在西方，直到 1769 年，英国人阿克莱才制造出“水车纺机”，比中国的水转大纺车晚了几个世纪。

根据元代农学家王祯撰写的《农书》记载，按照 1∶1 比例复制的木棉纺车模型。

明代，是我国手工棉纺织业最兴盛的时期。当时的棉布生产已十分普及，产量较高，除自足之外尚可出口。清代后期的“松江大花布”“南京紫花布”等名噪一时，成为棉布中的精品。

纺织技术的起源，在我国历史上非常久远，但我国的民间纺织行业，却将元代的纺织家黄道婆视为始祖。

黄道婆，又称“黄婆”，生于南宋末年淳祐年间（约 1245 年），是松江府乌泥泾镇人。她出身于贫苦农民家庭，十二三岁就被卖给人家当童养媳。

古老的织布机，在中国古代社会经济中曾占据主导位置。

她白天下地干活，晚上纺纱织布到深夜，担负着繁重的劳动任务。即使这样，她还要遭受公婆、丈夫的非人虐待。

因为忍受不了这种非人的生活，一天深夜，她在房顶上掏了个洞，逃了出来。她躲进一条停泊在黄浦江边的海船上，后来随船来到了海南岛南端的崖州。

黄道婆孤身流落他乡，淳朴热情的黎族同胞不仅在生活上给予她无微不至的照顾，而且还把他们先进的纺织技术毫无保留地传授给她。当时的黎族人民已经掌握了比较先进的棉纺织生产技术。

黄道婆虚心学习纺织技术，而且融合黎、汉两族人民纺织技术的长处，逐渐成为一名出色的纺织高手。

黄道婆对中国传统纺织业做出了不可磨灭的贡献，因此她被奉为纺织业的始祖。

黄道婆在崖州生活了二三十年之久，但她一直深深地怀念自己的故乡。元朝元贞年间，她带着黎族人民先进的纺织工具（踏车和椎弓等），依依不舍地离开了黎族同胞，搭顺道海船返回了乌泥泾。

黄道婆重返故乡时，植棉业已经在长江流域大大地得以普及，但纺织技术仍然很落后。她回来后就致力于改革家乡落后的棉纺织生产工具，毫无保留地把自己几十年丰富的纺织经验，传授给了家乡的人民。

在纺纱工艺上，黄道婆创造出了新式纺车。当时，松江一带用的都是单锭手摇纺纱车，效率很低，要三四个人纺纱才能供上一架织布机的需要。黄道婆跟木工师傅一起，

杨家埠年画《女十忙》，是对旧时妇女纺织生活的真实写照。

经过反复试验，把用于纺麻的脚踏纺车改成三锭棉纺车，使纺纱效率一下子提高了两三倍，而且操作也很省力。这种新式纺车，很快就在松江一带推广开来。黄道婆除了在改革棉纺工具方面做出重要贡献之外，还把从黎族那儿学来的纺织技术，结合自己的实践经验，总结成一套比较先进的“错纱配色、综线挈花”等织造技术，并热心地向人们传授。

因此，当时乌泥泾出产的棉织物上面，带有各种各样美丽的图案，鲜艳如画。一时之间，乌泥泾的棉织品名扬四方，附近的上海、太仓等地竞相仿效。这些棉织品远销各地，很受欢迎，很快松江一带就成为全国的棉织业中心，历经数百年不衰。

16 世纪初期，松江农民织出的布，一天就有上万匹。18—19 世纪，松江布远销欧美，获得了很高的声誉。当时松江布匹被誉为“衣被天下”，这一伟大的成就，当然凝聚了黄道婆大量的心血。

黄道婆一生都在辛勤劳动和刻苦研究，她有力地影响和推动了我国棉纺织业的发展。她的业绩，在我国纺织史上绽放着灿烂的光芒。人民热爱她、崇敬她，在她逝世之后，不断地为她兴建祠庙，以示纪念。

从此，我国民间的纺织业就将她奉为始祖。

蔡伦造纸留美名

中国是世界上最早发明造纸术的国家，造纸术与印刷术、火药、指南针，并称为中国古代四大发明。纸张从诞生的那一刻起，就被广泛地应用于书写、印刷、绘画和包装等领域，是人们生活中必不可缺的物品之一。

纸张的发明与发展，也经历过一个曲折的过程。在远古时期，我们的先民就已经懂得了养蚕、缫丝。到了秦汉时期，以茧制作丝绵的手工业已十分普及。在处理茧的过程中，需要采用漂絮法。操作时的基本要点之一是，反复捶打，以捣碎蚕衣。这一技术，后来就发展成为造纸中的打浆。此外，中国古代常用石灰水或草木灰水为丝麻脱胶，这也给造纸中的植物纤维脱胶以启示。造纸术就是借助这些技术发展起来的。

古代造纸的工具都十分简陋，这是专门用来抄纸和晾晒的工具。

造纸术的改进者，是东汉时期的蔡伦（？—121 年）。他出生于一个普通农民家庭，从小随父辈种田，聪明伶俐，很是招人喜欢。

汉明帝永平十八年（75 年），蔡伦被选入洛阳宫内做宦官。他为人敦厚谨慎，勤奋好学，办事尽心尽力，曾任中常侍兼尚方令、长乐太仆等职。

蔡伦任尚方令之后，利用

职务之便，常到乡间作坊去视察。有一次，他在经过一条小河时，发现河水中积聚着一簇枯枝，上面悬浮着一层薄薄的白色絮状物。他眼前一亮，便俯下身去，用树枝挑起来细看。只见那些东西扯扯连连的，犹如丝绵似的。

蔡伦改进造纸技术，是中国历史文化中的一件大事，因此他被后世尊为造纸业的祖师爷。

蔡伦想到作坊里在制作丝绵时，茧丝漂洗完之后，总会有些残絮留在篾席上。篾席晾干之后，那上面就附着一层由残絮交织成的薄片，揭下来用其写字十分方便。蔡伦暗暗思忖：河里的这些东西跟那些残絮十分相似，它们究竟是什么东西呢？

他迫不及待地跟附近的几位农夫打听，其中一位农夫告诉他："这是从上游冲下来的树皮、烂麻，扭一块儿了，又泡又晒，就变成了这种烂絮。"

听了老农的话，蔡伦深受启发，于是他连忙命人去收集树皮、废麻等材料，然后在宫廷作坊里施以锉、煮、浸、捣、抄等办法，尝试着用植物纤维造纸。经过一番努力之后，他终于造出了植物纤维纸。

但经过试用，他发现纸张容易破碎。后来，又经过多次试验，蔡伦终于找到了解决的办法：在打浆的时候，将破布、烂渔网捣碎，将缫丝时遗留的残絮掺进浆中，这样制成的纸就不容易被扯破了。

为了加快造纸的进度，蔡伦又指挥大家盖起了烘焙房。湿纸上墙烘，不仅干得快，而且纸张平整，大家心里都乐开了花。

蔡伦挑选出正规的纸张，进献给汉和帝。汉和帝试用之后，龙颜大悦，当天就驾幸蔡伦所建的造纸作坊，查看造纸过程。回宫后，汉和帝重赏了蔡伦，并诏告天下，推广造纸技术。

后来，汉和帝见蔡伦造的纸越来越好，能厚能薄，不仅便于书写，而且造价低廉，是利国利民的好事，于是他高兴地封蔡伦为“龙亭侯”，食邑三百户，不久又加封其为“长乐太仆”。因此，时人把这种新的书写材料称作“蔡侯纸”。

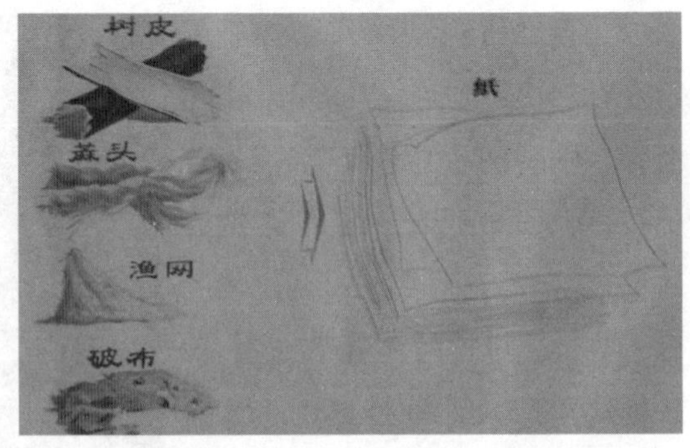

汉代造纸工艺中的材料示意图。

蔡伦改进造纸术不久，它便传入朝鲜、越南、日本等邻国。随后，中国的造纸技术又传播到中亚的一些国家，并由此通过贸易传播到印度及阿拉伯等国家和地区。

到了隋唐时期，我国民间除了有麻纸、桑皮纸、楮皮纸、藤纸外，还出现了檀皮纸、瑞香皮纸、稻麦秆纸和新式的竹纸等。

在五代至两宋的三百多年时间里，民间的造纸业继续开拓发展。其中，以南唐徽州地区（今安徽歙县一带）所产的宣纸最负盛名。这里的纸都是手工制作，其制法是，在寒冬水中浸泡楮树皮原料，尤其是要敲冰水扬帘、沥涝纸张，最后烘干即成。宣纸的长度可达五十尺，从头到尾厚薄如一。

古代造纸技术中的舂捣工艺，就是将准备的材料加工成碎末状。

李煜是南唐的最后一位皇帝，作为帝王，他很少为治理国家花费心血，相反，却常常为笔、墨、纸、砚之类的文房用具大劳其神。

李煜非常喜爱这种宣纸，他命监造处将所造的纸张运回金陵（今南京）宫中，贮藏在他经常批阅奏章的场所——澄心堂，以备长期使用。这种纸，被称为“澄心堂纸”。

李煜还不惜重金选调国内的造纸高手，云集京城，开设纸坊。

晾晒好的成品纸，为了使其保持平整，需要用重物进行镇压。

后来，他干脆将澄心堂腾出来造纸。李煜甚至亲自动手，对造纸技术做进一步改进。经过几年时间的努力，造出来的澄心堂纸更加洁白细腻。它是宣纸中的珍品，李煜除了自己使用外，偶尔也赏赐给有功的大臣，以示奖励。

这一时期，楮皮纸、桑皮纸等皮纸和竹纸特别盛行，消耗量也特别大。造纸用的竹帘多为细密竹篾，这就要求纸的打浆度必须相当高，而造出的纸必然细密均匀。

另外，纸的用途在社会上也越来越广泛。除书画、印刷和日用品之外，我国还最先在世界上发行了纸币。这种纸币在宋代被称为“交子”，元明以后继续发行，后来世界各国也相继发行了纸币。

明代科学家宋应星在《天工开物》里面，对造纸技术有详细的图文记载。

明清时期，用于室内装饰的壁纸、纸花、剪纸等也很美观，并且行销于国内外。各种彩色的蜡笺、冷金、泥金、罗纹纸等，多为官宦富贵阶层使用。这类纸的造价很高，质量也在一般用纸之上。

自宋代起，有关造纸的著作不断地涌现，如宋代苏易简的《纸谱》、元代费著的《纸笺谱》、明代王宗沐

六下江南的清代乾隆皇帝，对民间造纸业非常重视，促使民间造纸业达到了鼎盛。

的《楮书》以及宋应星的《天工开物》等。

尤其是《天工开物》一书，对我国古代造纸技术有非常详细的记载。以竹纸为例，《天工开物》中指出：在芒种前后登山砍竹，截断五七尺长，在塘水中浸沤一百天，加工捶洗以后，脱去粗壳和青皮。再用上好石灰化汁涂浆，放在桶中蒸煮八昼夜，歇火一日，取出竹料用清水漂洗，并用柴灰（草木灰）浆过，再入釜上蒸煮，用灰水淋下。这样十多天，自然臭烂。取出入臼，舂成泥面状，再制浆造纸。这些记载，跟后来的民间土法造竹纸工艺已经大体相同。

清朝的乾隆皇帝不仅是一位政治家，而且琴棋书画无所不能。他一生与文具相依相伴，对书写所用的优质名纸尤为喜爱。这一爱好，促使他对造纸业有了更多的关注。他曾下令从全国各地征调造纸工匠充实宫廷纸场，还要求地方进献的纸张也按官纸规格制造，从而使全国的造纸业达到了鼎盛。

时至今日，造纸业仍然是社会上一个非常重要的行业。因为蔡伦对造纸技术的巨大贡献，所以我国民间将其尊为造纸业的始祖。

蒙恬的“兔毛笔”

毛笔，是古人用来书写和绘画的工具，它是中国传统文化一个重要的组成部分。从诞生的那一刻起，毛笔便创造出了世界上独特的线条文化，令世人为之惊叹。

作为书写工具，毛笔的历史非常久远。早在新石器时代的彩陶上，就留有毛笔描绘的痕迹。春秋战国时期的竹木简、缣帛上，已广泛使用毛笔来书写。

在当时，我国民间对“笔”的称谓并不统一，如楚国称作“聿”，吴国称作“不聿”，燕国称作“拂”。另外，还有称作“中书君”“龙须友”“管城子”“毛锥子”“尖头奴”的，名目繁多。直到秦始皇统一六国之后，才开始称作“笔”。

关于毛笔的起源，在我国一直流传着这样一种说法，即第一支毛笔是由秦国大将蒙恬发明的。

蒙恬是秦始皇时期著名的将领，有“中华第一勇士”之美誉。公元前 223 年，秦国大将蒙恬率领兵马在中山地区与赵国交战。战争非常激烈，一直拖了很长时间。

在这件马家窑文化遗址出土的彩陶上面，仍保留着毛笔描绘过的痕迹。

为了让秦王及时了解战场上的情况，蒙恬要定期写战报递送给秦王。那时候，人们通常用分签蘸墨，然后在丝绢上写字。所谓“分签”，就是用竹子削成的棍状或片状的小工具，在书写的时候硬硬的，墨水蘸少了，写不了几个字就得停下来再蘸；墨水蘸多了，又会把非常贵重的绢给弄脏了。因此，用分签写字的速度非常慢。

秦国大将蒙恬善于思考，制作出了第一支真正意义上的“毛笔”，他也因此被尊为制笔行业的祖师。

蒙恬虽然是一位武将，却有满腹文采，用上面所说的那种“笔”写字，非常影响他的思绪。他以前就萌生过改造笔的念头，这次又因为要书写大量的战况报告，他改造笔的愿望就更强烈了。

在战争的空闲，蒙恬喜欢到野外去打猎。有一天，他打了几只野兔回军营。他将猎物拎在手中，有一只兔子的尾巴拖在地上，流出的血水在地上留下一道弯弯曲曲的痕迹。蒙恬发现之后，心中不由得一动：“如果用兔子尾巴代替分签来写字，不是更好吗?”

回到军营之后，他立即剪下一条兔子尾巴，把它绑在一根竹管上，试着用它来写字。但兔毛油光光的，不吸墨水，在绢上写出的字断断续续的不成样子。蒙恬又试了几次，仍是不行。一气之下，他就把那支“兔毛笔”扔在了营门口一侧的山石坑里。

蒙恬并不甘心失败，仍然抽时间琢磨改进的办法。半个多月过去了，他还是没有找到一个合适的办法。

宣笔为中国传统“四大名笔”之一，盛行于唐宋时期。

这一天，他到营房外散步，经过那个山石坑时，又看见了先前那支被他扔掉的“兔毛笔”。蒙恬弯腰将它从水里捞上来，用手捏了捏兔毛，发现兔毛竟变得异常柔软了。蒙恬大受启发，立即跑回军营，用“兔毛笔”蘸墨写字。它吸足了墨汁，写起字来十分流畅，字体也显得圆润起来。原来，山石坑里的水富含石灰质，经过碱性水的浸泡，兔毛变得柔顺起来。

湖笔，与徽墨、宣纸、端砚并称为“文房四宝”，是悠久灿烂的中华文明的重要象征。

就这样，第一支毛笔诞生了。蒙恬也因此被后世制笔行业的工匠们奉为祖师爷。汉代时，制作毛笔的原料除了兔毛之外，还有羊毛、鹿毛、狸毛、狼毛等，硬毫软毫并用。同时，笔管的质地和装饰也丰富起来。

到了晋代，安徽宣州用兔毛制作的紫毫笔，以笔锋坚挺而著称于世。宣州陈氏之笔还深受大书法家王羲之等人的推崇。唐宋时期，安徽宣州成为全国的制笔中心，那里生产的毛笔还成为贡品，每年都要向皇帝进献。

元代以后，以浙江湖州为中心的制笔业日益兴隆。我国制笔业进入了第二个重要的发展时期，即湖笔时期。

古时，毛笔是人们的主要书写工具，除了一些店铺出售外，还有很多小贩在街市上叫卖。

湖笔尤以羊毫笔最负盛名，为士人们所钟爱，并得到朝廷的赞赏。此时的湖笔已与宣笔同样有名气，乃至超过宣笔，成为全国毛笔的代表，享誉海内外。

明清时期，是我国民间制笔业的鼎盛时期。那些专供皇室的御用之笔和官府用笔，制作精美华丽自不待言，就连民间使用的毛笔，也十分注重装饰和美观。当时用作笔管的材质有竹、玉、漆器、象牙、瓷、珐琅等。在笔管的装饰上，也尽一切修饰之能事，达到了前所未有的艺术高度。

传统手工毛笔制作都须经过选料、除脂、配料、梳洗、顿押、卷头、拣齐、扎头、装头、干修、粘锋、刻字、挂绳等工序。概括起来则俗称“水盆”（在水盆中操作的工序）和“干活”（装头、干修等无水工序）两大工序。水盆工序是决定毛笔用途和质量的关键，笔头要求达到“尖、齐、圆、健”（俗称“四德”）的标准。

北京制笔厂“李福寿”制狼毫大书画笔。

按照不同的原料和性能，可把毛笔分为硬毫、软毫、兼毫这三种。硬毫笔包括老兔劲毛制成的紫毫与黄鼠狼毛制成的狼毫两种，笔毫均为棕色，笔性硬健，弹力强，蓄水少，画出的线条苍劲爽利。山水画中树木的立干、出枝、勾叶、点叶，山石的勾勒、皴、擦、点擢，屋宇、人物、舟、桥、瀑布等的细线，都需要凭借弹力强的硬毫才能得以表现。

软毫笔，用羊毛制成，笔性软，蓄水性强。山水画的渲染多用它。米点山水与泼墨山水也常用软毫笔，能收到笔酣墨饱、水墨淋漓的效果。

兼毫笔，是由硬毫与软毫配制而成，有紫狼毫、紫羊毫、鸡狼毫等品种，硬度在狼毫与羊毫之间。

在我国历史上，除了“宣笔”和“湖笔”这两大名笔之外，上海、苏州、北京、成都等地生产的毛笔也都享有盛誉。

今天，毛笔已不再为人们日常所使用，但作为传统文化的一个重要组成部分，它仍然被继承了下来。毛笔极大地丰富了中国文人的情操，成为中国传统艺术中一道美丽的风景。

鞭炮声声驱邪魔

燃放鞭炮，在我国有着十分悠久的历史，包含着深厚的文化底蕴。时至今日，它仍然深受大众的喜爱。

烟花爆竹，是我国民间喜庆之日必备之物。

人们遇到喜庆之事，比如儿女婚嫁、盖房上梁、乔迁新居、店铺开业，都要燃放鞭炮以图吉利。尤其是在农历的除夕、大年初一、正月十五等日子，鞭炮声更是充满寰宇，带有浓浓的普天同庆的意味。

鞭炮，又称“爆竹”“爆仗”“炮仗”，宋代以后才出现“编炮”（即鞭炮）这个名字。在中国第一部诗歌总集《诗经》里面，有这样的诗句：“庭燎晰晰，君子至止。”庭燎，是古人将竹子、草或麻秆捆绑在一起燃放，有照明与驱邪的作用。这可能是我国民间燃放爆竹的雏形，距今已有两千多年了。

自古至今，孩童们都喜欢放鞭炮，尤其是在农历新年之时，手里更是断不了鞭炮。

最初的爆竹，就是用火燃烧竹子，使竹节爆响。随着纸的发明与广泛使用，加上炼丹家逐渐发现硝、硫磺与炭是易燃物质，至迟在唐代中期，人们已经研究出来制作火药的配方，并逐渐将火药用于爆竹制作。人们将火药放入竹筒里燃放，后经改进，采用卷纸裹火药来燃放。于是，真正意义上的鞭炮也就产生了。

鞭炮制作是一项具有危险性的工作，但在我国民间却非常兴盛。

此后，鞭炮制作得越来越精巧，还出现了花炮，有响一下的，也有响两下的，有大如竹节的，也有小如麦秆的，真是五花八门，品种繁多。

到了宋代，民间开始普遍用纸筒裹火药，然后将其编成串燃放。明、清两代，鞭炮的种类更加繁多，最为普遍的是“单响”“双响”和“鞭”三大类。大个单响鞭炮也叫“麻雷子”，双响的叫“二踢脚”。双响鞭炮的纸筒内分两层安放火药，下层火药的作用是将鞭炮送上天空，上层的火药使鞭炮凌空爆响。在双响的基础上，人们又研制出了多响鞭炮。

“鞭”的名目也异常繁多。采用牛皮纸密裹火药制作而成的“钢鞭”，爆响时声音清脆响亮如钢铁。“钢鞭”一响一个头，而“霸王鞭”可多至万头。在一挂鞭中有规则地加入特殊的鞭炮，则称为“节鞭”。通常是十响加带一个“麻雷子”，在燃放时，即可产生有节奏的响声。

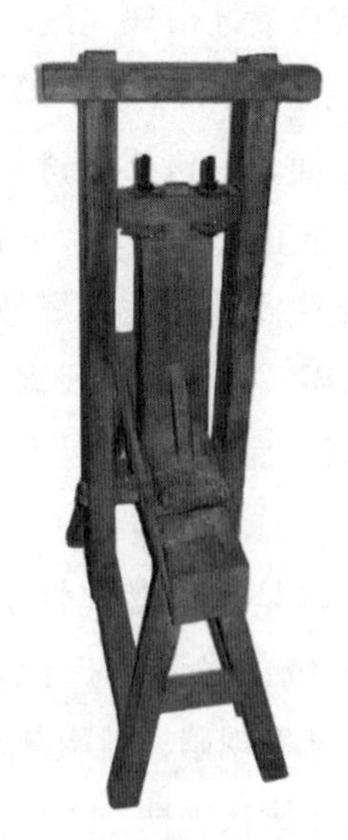
旧时的木质鞭炮加工机。

另外，民间还十分流行以彩纸裹药的“花鞭”。在燃放时，被火药炸碎的彩纸纷纷飘落，非常好看。如用粉红纸裹药即名“遍地桃花”，用大红纸裹药名曰“落地红”，用金黄色纸裹药则称“洒金鞭”，等等。

我国民间的鞭炮制作行业，将李畋奉为本行业的始祖。李畋，湖南浏阳人，其青年时代适逢唐代贞观年间。他的父母早亡，青年时期他便云游四海，志在报效国家。他曾不辞艰辛奔赴桂阳蔡伦故里学习造纸技术，并遍访能工巧匠，获得土硝提炼的真传。又传，他曾得到孙思邈的指点，将“伏火硫磺”首创为“火硝纸爆”，首开“烟花爆竹”之先河。

每到春节来临之时，街市上出售爆竹的摊点便成为一道最吸引人的风景。

关于李畋制作爆竹的起因，在我国民间还流传着一个非常有趣的故事：

相传，在唐太宗时期，宰相魏徵的权力很大。他日管人间，夜辖阴曹。一次，泾河里的一条蛟龙因为触犯天条，被判了死罪，玉帝便命魏徵去执行斩刑。

当时正值盛夏，魏徵昏昏入睡，突然他全身大汗淋漓。原来，他正在斩杀犯了天条的蛟龙，累出汗来了。正在这时候，李世民用扇子对着魏徵连扇了几下。这么一扇，风助魏徵终于斩杀了蛟龙。

可是，蛟龙的阴魂由于怪罪李世民，经常兴风作浪，扰得李世民坐立不安，夜不能寐。朝廷只得派大将秦叔宝、尉迟恭守护李世民的寝宫，这样才又平安无事。

然而，一年 365 个夜晚，夜夜都要守护，这实在苦了秦叔宝和尉迟恭两员大将。正在他们为难之际，有个叫李畋的人想出一个办法：他制作了一些爆竹，在李世民的寝宫外燃放，将鬼怪邪魔全都吓跑了。

传说，李畋曾得到孙思邈的指点，首开“烟花爆竹”之先河，因此民间的鞭炮行业将其尊为始祖。

在孩子们的心里，鞭炮的声音充满了愉悦和诱惑。

李畋除了用爆竹守护李世民的寝宫外，还用它驱岚散瘴。因为当时唐朝征战频繁，疫病盛行，贫民遭殃。李畋使用这个办法，果然灵验。因此，后来爆竹被民间百姓广泛应用于辟邪驱瘴了。

人们为了纪念李畋，便尊奉他为鞭炮制作行业的祖师爷。每年的农历四月十八日，是李畋的生日。在祖师爷生日这天，民间的鞭炮制作行业都要大办宴席，铳炮齐鸣，叩头祭拜，隆重庆祝一番。千百年来，这种习俗代代相传，一直沿袭到解放初期。

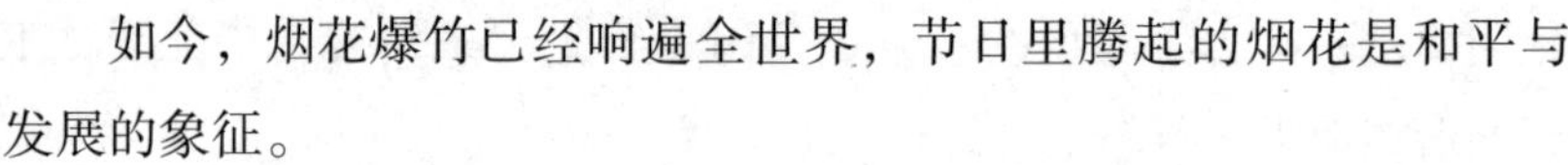

如今，烟花爆竹已经响遍全世界，节日里腾起的烟花是和平与发展的象征。

琢玉高手丘处机

雕刻于新石器时代的勾云形玉佩。

玉器行业，就是以雕琢和出售玉器为主的行业。玉器行业的发展，实际也涵盖着我国民间玉雕工艺的发展。

玉，其实就是一种优质的石头。玉石的种类非常多，有白玉、碧玉、黄玉、翡翠、玛瑙、绿松石等。经过加工雕琢成为精美工艺品的玉石，被称为玉器。

早在原始社会阶段，我们的祖先就用玉石制作镞、刀、铲、斧等生产工具，以及各式各样的玉雕装饰品。商周时期，玉雕工艺又有了新的进展，雕琢精细，纹饰优美，并涌现出鱼、鸟、龟、兽面、兔等形象的玉雕佩饰。常见的纹饰有夔龙纹、蟠螭纹、云雷纹、方格纹等，特别是玉雕阳文线条的出现，为玉雕技法处理上的一大飞跃。

汉代玉蝉，在我国民间玉雕历史上有“汉八刀”之美誉。

战国时期，玉雕工艺愈加精益求精，品种也愈加繁多。汉代，小件玉器琢工细，大件玉器琢工粗。其刀法洗练，在历史上有“汉八刀”之称。在唐代的玉器上，常见缠枝花卉、葵花及人物飞天图案。琢工精细，布局均匀，细而厚重，为唐代玉雕工艺的一大特点。

宋元时期，玉器细腻灵巧，小件多，大件少。花鸟类玉器，受到国画风格的影响，虽无唐代的淳厚朴实之气，但形态更加逼真。

这件雕工极为精细的“宜子孙”双环玉璧，是东汉琢玉工匠创作的。

明代玉雕的刀法粗犷有力，出现了三层透雕法，镂雕十分精细，具有时代的独特风格。当时，北京、苏州、扬州是我国著名的三大玉雕中心。明代科学家宋应星在《天工开物》中写道：“良工虽集京师，工巧则推苏郡。”由此可见，苏州的玉雕工艺水平在当时居全国之首。至明代中晚期，玉雕技艺发展更加迅速，产生了不少琢玉大师，如陆子冈、贺四、李文甫、王小溪等，他们都是当时琢制小件的高手。

明代科学家宋应星在《天工开物》里面，对琢玉技术有较为详细的描述。

清代的玉雕工艺与明代相比，花纹的棱角规矩方正，精工细琢逼真，出现了镂空、半浮雕等多种琢法。富有立体感的玉器，层出不穷。清朝乾隆年间，是我国古代玉雕发展的鼎盛时期。当时，为了维护同行业的利益，北京还成立了“玉器行同业公会”。

行会，是一种官督商办的社会团体，由政府批准成立。民主选举产生的帮主，又称“行首”“行老”“行头”等。同业公会的职权，主要是处理行内外事务，决定入行商户，统一同行业经营方针，进行登记，承担政府分配的税务、公益事业方面的任务。

清代琢玉匠人创作的青玉随形梅花笔筒。

玉器行的“行首”，大都由那些威望高、技艺高的琢玉名家担任。譬如祖籍江苏的“行首”吴氏，身怀“以舌辨玉”的绝技，被时人誉为“玉王”。

我国民间的玉器行业，将丘处机尊为本行业的始祖。

农历正月十九，是丘处机的诞辰，每年玉器行业公会都要在行会馆内举行隆重的祭礼。每年农历的七月二十八，则在行会馆内举行丘处机仙逝祭礼。每当到了祭祖之日，玉器行同业公会全体同仁，还要到北京的道教活动中心白云观参加祭祀活动。

古代琢玉工匠用来琢玉的工具。

那么，作为全真教的教长，“全真七子”之一的丘处机，又是如何成为玉器行业的祖师爷的呢？

1148 年，丘处机出生在山东登州栖霞县滨都里（今山东蓬莱）一个普通农家，幼名邱哥。他从小父母双亡，由亲戚抚养长大。1166 年，他独自一人来到宁海州昆嵛山（今山东牟平东南）出家，并用了大约一年的时间在岩洞中修行。

后来，他听说全真道的创立人王重阳（1112—1170 年）来到宁海，便下山拜王重阳为师，成为全真教祖师的一位弟子。

1180 年，丘处机又迁居龙门山，继续修道，并阐教七年，创立了著名的全真教龙门派。当时，宋朝、金朝均慕名派使节前来招贤，但均被丘处机婉言谢绝。

1220 年，成吉思汗派使臣刘仲禄以重礼来聘，丘处机立即应诏，率领十八位弟子前去朝觐。成吉思汗尊其为“神仙”，赐其元大宗师爵禄。至此，丘处机成为成吉思汗的顾问及掌管蒙古汗国辖区内的宗教事务领袖。

我国民间的琢玉工匠希望借助丘处机的一点仙气，提升本行业的影响，故而将其尊为祖师爷。

丘处机法号“长春真人”，东归后留居大都（北京）。成吉思汗将唐玄宗开元年间修建的天长观赐给丘处机，并改称其为“长春宫”。长春宫，俨然成为全国的道教中心和宗教界总部，后又改名“白云观”。丘处机 80 多岁仙逝，

清代琢玉工匠创作的青玉船，它采用的是立体透雕的方式，船型是江南地区常见的乌篷船。

葬于今白云观第四进丘祖殿香案下的石座内。

据说，丘处机在游历新疆、甘肃、陕西、河南等地时，学会了琢玉本领，而且技艺高超。他主持白云观时，曾亲自带领徒弟们琢玉。他亲手制作了一顶金丝嵌玉道冠，十分精美。

玉器行同业公会想借助丘处机的仙气，为本行业增辉，于是他们便尊丘处机为祖师，希望他保佑玉器行业兴旺发达，财源茂盛。

梅葛二仙教染布

印染，又称染整，是中国民间一种非常古老的行业。旧时，在我国的大江南北，不论城镇还是乡村，都存在着大大小小众多的染坊。染坊经营丝绸、棉布、纱线和毛织物的染色及漂白业务，与时人的生活息息相关。

早在距今六七千年前的新石器时代，我们的祖先就知道用赤铁矿粉将麻布染成红色。居住在柴达木盆地诺木洪地区的原始部落，能把毛线染成红、黄、蓝等颜色，织出带有色彩条纹的毛布。

商周时期，印染技术不断提高。当时宫廷手工坊设有专职官吏“染人”，他们负责管理印染生产。到了汉代，印染技术达到了相当高的水平。我国民间染出的纺织品颜色也不断地得以丰富，其中红色的有殷红、水红、猩红、绛红，黄色的有鹅黄、菊黄、金黄、雄黄，绿色的有豆绿、叶绿、果绿、墨绿，等等。

唐代的印染工艺相当发达，除了缬的数量和质量有所提高之外，还出现了不少新的印染工艺。到了宋代，我国民间的印染技术已经比较全面，色谱也比较齐全。

旧时，大大小小的染坊遍及民间各地。这组塑像表现的就是染匠们工作时的情景。

明清时期，我国民间的染料应用技术达到

了巅峰，染坊也有了很大的发展。清朝乾隆年间，有人曾这样描绘上海的染坊："染工有蓝坊，染天青、淡青、月下白；有红坊，染大红、露桃红；有漂坊，染黄糙为白；有杂色坊，染黄、绿、黑、紫、虾、青、佛面金等。"此外，比较复杂的印花技术也有了较大的发展。至1834年法国的佩罗印花机发明以前，我国一直拥有世界上最发达的手工印染技术。

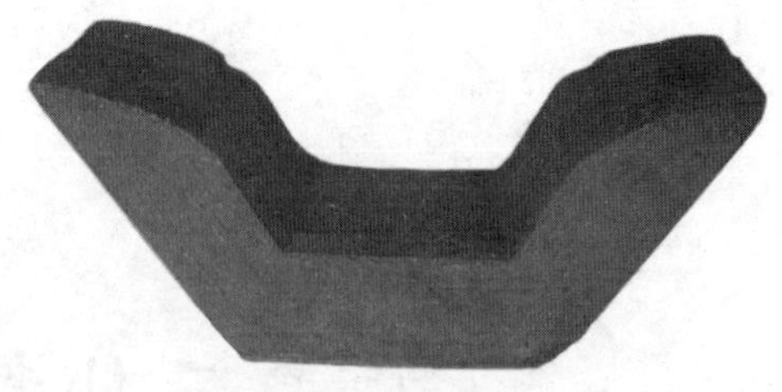

旧时染坊用来平整布匹的踹布石，又称"元宝石"，作用类似于熨斗。

当时除了染坊，社会上还出现了许多肩挑染担的染匠，俗称"印花担"。他们可以登门服务，给时人的生活带来了诸多的便利。

我国民间的染坊，有"大行"和"小行"之分。到了清朝末期，还出现了"洋色行"。"大行"是以染成批布匹为主，形成流水线、规模化生产，各道工序分工都十分明确。"小行"是以染零星杂色布料及旧衣服为主，事无巨细，样样都要拿得起。"洋色行"，则是指专门使用国外进口染料的染坊。

染坊内部的行规行俗比较多。有人若想拜师学艺，需经中间人介绍，还要写"关书"，请拜师酒，交开柜钱。民间行俗每年腊月二十八日下午停业，称之为"封缸"；过完年之后，于农历二月初二（龙抬头）开门营业，俗称"开缸"。

过去，一些手巧的妇女会自己动手染布，因此民间有很多走街串巷卖染料的小贩。

封缸之前，必须将全部客货染完。封缸时，还要在每个缸盖上放上糕点、糖果、豆腐和葱，谓之"压喜"。大年三十中午，要用红纸写上"开缸大吉""招财进宝""日进斗金"等吉祥语贴在缸上。开缸之日，则要鸣放鞭炮，喝开缸酒。

在长期社会生产过程中，染坊的工匠们为了维护本行的利益，逐渐形成了众多的隐语切口。譬如，他们称染料为“膏子”，浅蓝为“鱼肚”，藤黄为“蛇屎”，靛青为“烂污”，白色为“月白”，染缸为“墨悲”或“酸口”，染缸下的地灶为“地龙”，碾布石为“上石元宝”，称有技术的染匠为“场头”，染工的主管师傅为“管缸”，等等。

中国民间印染业始祖“梅葛二仙”画像，李洪修绘。

我国民间的印染行业，将“梅葛二仙”奉为本行的祖师爷。梅葛二仙，其实是古代历史上两位真实的人物，一位名叫梅福，另一位名叫葛洪。

梅福，是西汉时期的南吕县尉。他少年求学于长安，初为郡文学，后补南吕县尉。西汉末年，大司马王凤当权，外戚王氏控制了政权。汉成帝永始元年（公元前16年），皇太后王政君之侄王莽被封为新都侯，朝政愈加腐败，民怨四起。梅福忧国忧民，以一县尉之微上书朝廷，却险遭杀身之祸。因此，梅福挂冠而去，隐于深山炼丹修行。

蓝印花布，曾经是我国民间一道淳朴而美丽的风景。

葛洪，为东晋著名道人、炼丹家和医学家。他是三国时期的方士葛玄之侄孙，世称“小仙翁”。他曾受封为关内侯，后隐居罗浮山炼丹。他一生著作甚多，流传后世的有《神仙传》《抱朴子》《西京杂记》等。

梅福和葛洪后来成为染业神，在我国民间还流传着这样一个故事：

苗族蜡染艺人采用现代工艺创作的蜡染画。

相传，梅葛二仙在化作跛脚汉行乞时，得到一对年轻夫妇的帮助。为了表示谢意，他俩在酒足饭饱之后，手舞足蹈起来，嘴里还唱道："我有一棵草，染衣蓝如宝；穿得花花烂，颜色依然好……"

陡然间，在他们身边的地上长出了许多小草。那对年轻夫妇闻听草能染衣，便割了几篓子放在缸里。但过了数日，仍不见变化。

不久，两位跛脚汉又来借宿、喝酒。临走时，他们把剩酒和残汤全部倒入缸里，缸里的水顿时变成了蓝色。之后，二仙对那对年轻夫妇说："水蓝是由蓝靛草变的，染衣可永不变色。"

于是，那对年轻夫妇便高兴地用它们来染布。从此，人世间便出现了染布业。

旧时，每年的农历四月十四和九月初九，即梅葛二仙的诞辰，所有染坊都要停业一天，举行隆重的祭祀活动。在这一天，染匠们还要同饮"梅葛酒"，以示庆贺。

为民造车的大师

畜力车和人力车，是旧时人们代步或载物的主要工具。虽然今天它们早已被现代化的机动车辆所替代，但它们在人类历史发展进程中所起到的推动作用，是不可低估的。中国的车文化，在世界上是首屈一指的。

车，在我国历史上出现的时间非常早。相传，黄帝在与九黎族首领蚩尤的涿鹿之战中，就用到了牲畜拉的“车”。虽然蚩尤能够“呼风唤雨”，但在拥有“车”的黄帝面前还是大败，丢了性命。从此，黄帝统一了华夏各族。

当然，这只是一种传说，其真伪亦无从考证。在我国历史上出现的第一位有史料记载的造车大师，是夏禹时期的奚仲。

奚仲生活在夏朝初期，自幼受过良好的教育与熏陶，非常喜爱科学技术。他天资聪颖，勤奋好学，青年时期就成为远近闻名的能工巧匠。奚仲运用自己所学的知识，决心把车造成，为人们解决陆路交通运输的困难。他进行了一次又一次的实验，终于研制成功了世界上第一辆由车架、车轴、车厢部件等构成的新型车子。他为了

春秋战国时期，齐国记述官营手工业各种规范和制造工艺的文献《考工记》里的造车作坊。

保持车子的平衡，还采用了左右两个轮子。

奚仲被夏王大禹封为“车正”，老百姓则敬奉他为“车神”。

因此，夏王大禹封奚仲为“车正”。他和儿子吉光造的车，方圆曲直，合乎规矩，机轴相得，坚固异常。后来，他又改良了马车、人力车，为后世造车行业留下了宝贵的经验。奚仲在告老还乡时，大禹封他为薛国的国君。

奚仲造车的事迹，在《左传》《墨子》《吕氏春秋》等古代典籍中均有记载。奚仲去世之后，被老百姓奉为“车神”。后人还纷纷修建奚公祠，常年祭拜他，以求出行平安。至今，在我国民间还流传着“祭拜奚仲，平安出行”的谚语。

自然而然，奚仲便被我国民间的造车行业视为始祖。

到了商代，车辆已经十分普遍。贵族下葬时，通常都有成套的车马及驾人陪葬。商代的车，基本都是单辕双轭。到周代时，人们已经懂得采用油脂作为车轴的润滑材料了。

春秋战国时期，诸侯之间战争频繁，而且盛行车战，动辄就使用数百乘甚至数千乘战车，因此就有了“百乘之国”“千乘之国”的说法。这一时期，造车技术已经非常成熟。

塞门刀车，是古代战争时用来堵城门的防守兵器。

秦汉时期，车辆开始按权力大小划分，必须选乘与自己身份相吻合的车。譬如秦始皇乘坐华贵的“辂车”“法马”。汉代时，皇太后坐的车为“鸾车”。嫔妃女官享用的车为“衣车”。皇亲国戚、权贵大臣用的是“轩车”。庶民百姓使用的是人力拉挽的“鹿车”。

汉代著名科学家张衡，还发

明出了举世闻名的“记里鼓车”。这种车，利用车轮在地面转动带动齿轮转动，变换为凸轮杠杆作用，使特制的木人抬手击鼓。每行走一里路，小木人就自动击鼓一次，由击鼓的次数可以了解行走的里程。从它的内部构造来说，它所应用的减速齿轮系统已相当复杂，可以说它是现代车辆计程仪的鼻祖。

汉代著名科学家张衡发明的“记里鼓车”。

三国时期，马钧造的指南车，是世界上第一辆“指南车”。这种“指南车”，是由车子和一个小木人构成的。车中装有可自动离合的齿轮传动装置，并与小木人相连，小木人的一只手指向南方。不管车辆朝什么方向行走，在自动离合齿轮装置的作用下，小木人的手总是指向南方。

到了宋代，坐轿的风气日渐盛行。此时的车辆，则以运输为主。当时盛行一种大型的太平车，有箱盖，驾车人于其中操纵，二十多匹骡马排成两行，合力拖拉。小的有“平头车”，专供商贾运送货物之用。还有“独轮车”，用于搬运建材石、瓦、竹、木等。

在元明时期，车辆种类之多令人咂舌，有专供仪仗使用的“斧车”，有射猎用的“图猎车”，有乐队用的“鼓吹车”，有运载棺材用的“丧车”，以及救火用的“消防车”，等等。

南北朝时期的牛车，专供妇女乘坐，车厢里只能容纳一个人。

清代时，多使用骡马车。人坐的称为“小车”，因为车上装有棚子和围子，车子犹如轿子一般，所以又习惯称为“轿车”。运送货物的是“大车”，因为没有棚子和围子，也称为“敞车”。

到20世纪初，城市里

清代的轿车，曾是富贵人家身份的象征。

出现了双轮的人力黄包车，它成为主要的客运工具。黄包车，又分为“路车”和“街车”两种。“路车”的任务是“长途客运”；“街车”专门在城内行驶，跑短途客运。

新中国成立之后，城里人将人力车改为“脚踏三轮车”，马车改为“平板车”，大车改为“排子车”。至今，在我国民间的一些偏远地区，仍能够见到“排子车”的踪迹。

马车距离我们的生活已经越来越远，黄包车也已变成旅游景点内一个怀旧的话题，而陪伴人们千百年的独轮车，更是早已在我们的记忆里凝固成一道淳朴的风景。

然而，作为我国古代道路上主要的交通工具，古车以其优异的性能，曾经在世界上长期处于领先地位。

在这方面，我国古代造车业的工匠们，对人类文明的发展做出了巨大的贡献，成为中华历史文化中不可缺少的一部分。

宁封子献身制陶

陶器，与古代人的生活有着十分密切的关系。中国的制陶业，走过了一段漫长而沧桑的历史，留下了无数动人的故事。

在旧石器时代，我们的先人只能对树木、石头、兽骨等天然材料进行加工，将其制作成器具。后来，古人经过长期的观察和实践，尝试着把黏土和成泥，塑造成型，再经过高温的焙烧，使之成为胎体坚固的器具，这样就产生了陶器。

夹砂褐陶狗形鬶，是大汶口文化时期的炊煮器。

陶器的出现，标志着新石器时代的开端。陶器的发明，也大大地改善了人类的生活条件，在人类发展史上开辟了一个新纪元。

随着制陶技术和工艺的不断改进，人们对陶器制品的要求也逐渐提高。为了美观，人们开始用有色颜料在陶器的表面进行彩绘，于是便诞生了各种纹饰美观、色彩鲜艳的彩陶。

春秋战国时期，制陶业仍以生产民间实用的器皿为主。在装饰上面，除继承青铜器的艺术风格之外，还把漆器彩绘的花纹融入到制陶工艺中。在这一时期，建筑用陶有了很大的发展。

秦代的陶器品种繁多，大多仿自青铜器的造型，最惹人瞩目的是被誉为世界奇观的秦始皇兵马俑。俑的出现，是为了使死者能够在冥世继续如生前一样的生活。因此，它真实地负载了古代社会的各种信息。

陕西秦始皇兵马俑，是中国古陶文化的辉煌见证。

到了汉代，我国民间的那些工匠和艺术家们创作的材料，不再以玉器和金属为主，陶器受到了更多的关注。在这一时期，制陶技术进一步发展，人们烧制出了质地较为坚硬的釉陶。

这种釉陶，又称“铅釉陶”，是在釉料中加入了铅，这样不仅可以降低釉的熔点，还可以增加釉面的光亮。同时，它能够使铜、铁着色剂，呈现出美丽的绿、黄、褐等色。不过，陶器的颜色仍以绿釉为主，绿如翡翠，光彩照人。

汉代铅釉技术的发明与发展，不仅为后世著名的唐三彩的出现开辟了道路，也为明清时期景德镇五彩缤纷的釉上彩瓷的发展奠定了基础。

唐代三彩陶俑的出现，将制陶艺术推向了一个新的高峰，无论是其造型，还是其施彩都达到了相当的高度。文官俑、武士俑、仕女俑、牵驼俑、牵马俑、骑俑、胡俑等，成为这一时期最常见的题材。

三彩陶俑，一直到两宋时期还在社会上流行，但无论风格还是气派，都无法跟唐代相比了。宋代以后，随着葬俗的转变，尤其是焚烧纸冥器在丧葬仪式中的盛行，俑的使用量骤减，至清初遂告绝迹。

以黄、褐、绿为基本釉色的唐三彩，是中国古陶文化的一朵奇葩。这是一尊唐三彩立马俑。

就在三彩陶发展后劲不足的时候，江苏宜兴的紫砂陶异军突起，成为陶器中一个独具特色的品种。紫砂陶诞生于宋代，盛行于明代中叶以后，至今仍为世人所喜爱。特别是紫砂陶，它优良的质地，古朴典雅的色泽，令古令文人雅士为之倾倒。

于是，在紫砂陶茶具上面，诗、书、画、篆刻一应俱全，成为我国茶文化中一个重要的组成部分。

旧时，陶器是老百姓生活中不可缺少的物件。因此，陶器拥有一个十分广阔的市场。在城镇的集市上，随处可见出售陶器的商贩；在山野乡村，很容易碰到烧制陶器的窑场。

过去人们的生活大都离不开陶器，无论在集市上还是在街巷里，卖陶器的摊贩随处可见。

制陶行业，是将宁封子尊为祖师爷。每到开窑或封窑之时，窑场主和窑工们都会虔诚地祭拜他，以祈求烧制出的陶器成色好，能够卖个好价钱。

相传，宁封子是黄帝时期的人，他的母亲是捏陶泥坯的。宁封子在5岁时就跟随母亲来到窑场，他最爱学母亲的样子捏各种盆盆罐罐。母亲见他聪明好学，就教他捏制各种陶坯的手艺。年复一年，宁封子长大之后便成为一位制陶能手。

制陶业的始祖宁封子，在中国民间传说里面是以道教神仙人物形象流传下来的。

宁封子烧制的陶器既好看又实用，深受百姓们的喜爱，还被交易到了其他的部落。后来，有一名地方首领将宁封子烧制的一只陶罐献给了黄帝。

黄帝看着那只浑圆而又精致的陶罐，仔细地欣赏着上面的彩色图案，连声赞叹。于是，他命人将宁封子请来，详细地询问了陶罐的制作过程，并封他为“陶正”，令其专门掌管烧陶事务。

宁封子担任陶正之后，更加兢兢业业。他经常往返于各地的陶窑，走到哪儿就将经验传授到哪儿，烧制出了各式各样的陶器。

这天傍晚，宁封子刚与几名窑工装进一窑陶坯，忽然来了一位银发飘飘的老者。他很有礼貌地对宁封子说："宁陶正，老朽想帮您掌一次火，不知您意下如何?"

旧时民间土窑在出窑时，窑工们从窑里往外搬运陶器的忙碌场面。

宁封子见他非同凡人，便点头答应了。

这位老者果然身怀绝技，他把陶窑点燃后，立即就有五彩烟从窑顶升起，惹来很多人看光景。数日后，待开窑一看，真是一番奇景：那满窑的陶罐、陶盆、陶瓶，个个五彩斑斓，美丽极了！

于是，宁封子便虔诚地跟老者学习手艺。在老者的传授之下，宁封子也能使窑顶冒出五彩烟，烧出五彩缤纷的陶器了。老者见宁封子学得差不多了，便不辞而别。

然而，等宁封子独自掌火的时候，不知道是因为激动还是紧张，他怎么也烧不出五彩烟。眼看一窑陶器就要烧坏，宁封子忽然想起神秘老者说过的一句话："只要心诚，专心专意为天下人办好事，就一定能够烧好！"

宁封子揭开陶窑，一咬牙跳进了炉火正红的陶窑里。倏然，窑顶腾起了比以前更加绚丽的五彩烟。等人们赶到窑场一看，烧出的陶器果然是五彩斑斓，比那位银发老者烧得还要好看，而宁封子却烧得只剩下了一把骨灰。

时至今日，紫砂茶具仍然是深受人们喜爱的一种陶器。

黄帝得知宁封子为烧陶而亡的消息之后，感到非常惋惜，于是就让仓颉把宁封子的事迹记在龟甲上，让后人永远记住他的功德。因此，后世的制陶业便将宁封子奉为本行业的始祖。

第六辑　悬壶济世篇

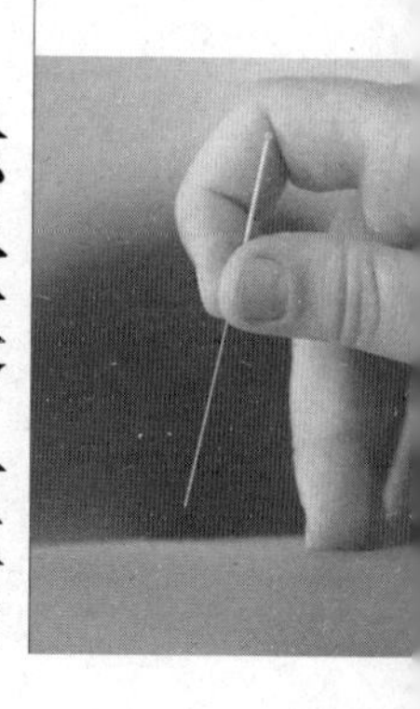

神医美名千古传

中医有着非常悠久的历史，它发源于我国的黄河流域，很早就建立起了学术体系。在中医漫长的发展过程中，历代都有不同的创造，涌现出了许多名医、典籍和重要的学派。

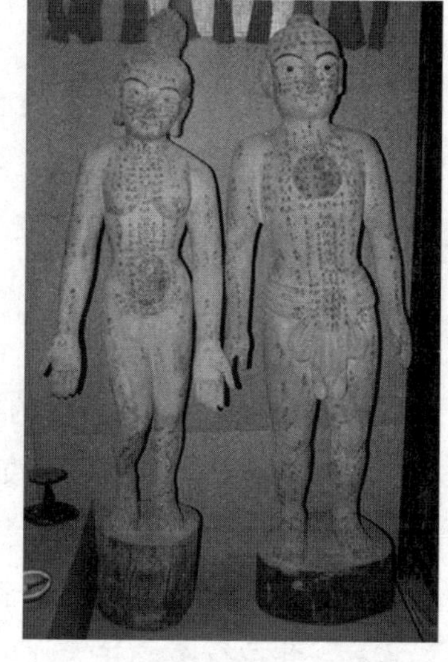

古代中医男、女人体穴位示意模型。

早在远古时期，我们的祖先在与大自然的斗争中，便创造了原始医学。人们在寻找食物的过程中，发现某些食物能够减轻或消除某些病症，这就是发现和应用中药的起源。

我国历史上有“神农尝百草，日遇七十二毒”的传说，它反映了古代劳动人民在与自然和疾病做斗争的过程中发现药物、积累经验的艰苦过程，也是中药起源于生产劳动的真实写照。

脉枕，是旧时郎中用来辅助切脉的一种工具。

早在商周时期，我国民间就出现了药酒。在殷商甲骨文中，已经有了关于医疗卫生以及十多种疾病的记载。

我国现存较早的医学专著《神农本草经》，是秦汉时期由众多医学家搜集、总结先秦以来丰富药学资料而编成的典籍。此书共记载药物365种，至今仍为临床所沿用。它的问世，标志着中医学的初步确立。

《黄帝内经》，则是秦汉时期完成的另一部医学经典。此书是现存最早的一部中医理论性经典著作。东汉末期，张仲景所著《伤寒杂病论》，专门论述了多种杂病的辩证诊断，以及治疗的原则，为后世的临床医学奠定了发展的基础。

湖南长沙马王堆汉墓出土的《五十二病方》帛书，这是我国现知最早的方书。

汉代的外科医学，已具有较高的水平。据《三国志》记载，名医华佗使用麻醉剂“麻沸散”来进行各种外科手术。

华佗（约145—208年），沛国谯人（今安徽亳州）。他生活的年代，是在东汉末年和三国初期。那时候，军阀混战，水旱成灾，疫病流行，人民处于水深火热之中。

华佗非常憎恨那些作恶多端的豪强，十分同情备受压迫的劳动人民。为此，他不愿做官，宁愿提着金箍铃，四处奔波，为百姓医治疾病。华佗行医，并无师传，他主要是研究前代医学典籍，并在实践中不断地钻研和进取。

“神医”华佗，被我国民间的中医行业奉为祖师。

在多年的医疗实践中，华佗非常善于区分不同病情和脏腑病位，对症治疗。一次，有军吏二人都身热头痛，症状相同，但华佗给出的处方却大不一样，一人用发汗药，另一人用泻下药。众人都感到奇怪，但两人服药后均痊愈。原来，华佗诊视之后，知一人为表症，用发汗法可解，另一人为热症，只有泻下才能治愈。

华佗对民间验方十分重视，常常吸取后加以提炼，以治疗一些常见病。当时黄疸病流传较广，他花了三年时间，对茵陈蒿的药效做了反复试验，决定用春三月茵陈蒿的嫩叶施治，从而救治了许多病人。

旧时，那些走街串巷的游医，多用指铃这种响器来招徕生意。

华佗还以青苔炼膏，治疗马蜂蛰后的肿痛，用紫苏治疗食鱼蟹中毒，用白前治咳嗽，用黄精补虚劳。如此等等，既简便易行，又收效神速。

就这样，经过数十年的医疗实践，华佗的医术达到了炉火纯青的地步。他熟练地掌握了养生、方药、针灸和手术等多种治疗手段，精通内、外、妇、儿各科。他诊断精确，因症施治，方法简捷，疗效神速，被时人誉为“神医”。

华佗研制出“麻沸散”以后，开创了外科手术的新天地。在当时医疗条件极为简陋的情况下，华佗就敢给患者开膛破腹做手术。

正当华佗满腔热忱地为百姓排解疾苦之时，崛起于中原战乱中的曹操，想出很多办法欲聘请华佗随军，并许以高官厚禄。但是华佗丝毫不感兴趣，他多次拒绝了曹操，结果惹恼了曹操。曹操是一个“宁可我负天下人，也不让天下人负我”的角色。他慢慢产生了杀害华佗之心。

那些妙手回春的郎中，能够解除患者的疾苦，因此在民间有“悬壶济世”的美誉。

华佗，最终确实死在曹操之手。只是关于华佗的死因，民间众说纷纭，其中流传最广的是这样一种说法：

据说曹操患有头痛病，而且每况愈下，发作起来痛得非常厉害，以至于不能正常行使权力。曹操请华佗为他诊治，华佗竟语出惊人，说曹操脑内长有五寸长的寄生虫，必须开颅，将寄生虫取出来才能根治。

曹操生性多疑，认为华佗是想趁机谋害他。因此，他恼羞成怒，下令处死了华佗。后来他才听说华佗经常给患者开肠破肚，而且从不失手。他虽然知道杀错了神医，但却不肯认错。直到他的爱子得了怪病，遍寻名医也没能挽回性命时，他才发出悔言："悔杀神医，致使儿子无救，真是报应啊！"

华佗曾把自己丰富的医疗经验整理成一部医学著作，名曰《青囊经》，可惜没能流传下来。但是，他的医学经验并没有就此湮没，因为他还有许多颇有作为的学生，如以针灸出名的樊阿，著有《吴普本草》的吴普，著有《李当之本草经》的李当之，他们把华佗的经验部分性地继承了下来。

因为华佗对中国医学的贡献巨大，所以他被后世的中医行奉为祖师。

皇甫谧自学针灸

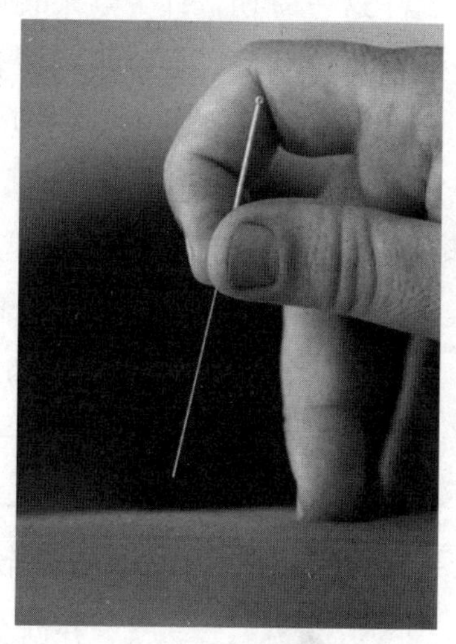

针灸，是中医的一种独特疗法。时至今日，它对解除患者的疾苦仍发挥着重要的作用。

针灸，是我国古代劳动人民创造的一种独特的医疗方法，有着非常悠久的历史。几千年来，人们利用金属针或艾炷，在人体特定的部位进针施灸，从而治疗一些疾病，解除痛苦。同时，也因此创立了独具特色的人体经络腧穴理论，它成为中国医学的一枝奇葩，在世界上享有盛誉。

针灸医学，起源于远古时期。当时，人类由于居住在阴暗潮湿的山洞里，且经常与野兽搏斗，故多产生风湿和创伤疼痛。当身体某处有了痛楚时，人们除向鬼神祈祷之外，很自然地会用物件去揉按、捶击痛处，以减轻痛苦。后来人们用一种楔状石块叩击身体某部位，或放出一些血液使疗效更加显著，从而创造了以砭石为工具的医疗方法，这就是针刺的萌芽。

灸法，则产生于火的发现和使用以后。在使用火的过程中，人们发现身体某部位的病痛经过火的烘烤能得以缓解或解除，于是开始学习用点燃树枝或干草烘烤的方法来治疗疾病。经过长期的摸索，人们选择了易燃且具有温通经脉作用的艾叶作为灸治的主要材料，从而使针灸法成为防病治病的重要手段。

春秋战国时期，针灸疗法已经相当成熟。秦汉时期成书的《黄帝内经》，便详细记载了九针的形制，以及大量与针灸有关的理论与技术。

到了隋唐时期，针灸学发展成为专门的学科。关于针灸的著作也频频诞生，其内容丰富多彩。当时，针灸还被朝廷列为医学教育课程，在太医署专门设有“针博士”“针师”“针工”等职衔。

以艾叶作为灸治的材料，在我国民间有着非常悠久的历史。这是南宋画家李唐创作的《灸艾图》。

这一时期，针灸学还传播到日本、朝鲜、印度、阿拉伯等国家和地区，并在异国他乡开花结果，繁衍出一些具有异域特色的针灸医学。

北宋时期，医官王惟一考订腧穴主治，统一腧穴定位，撰写了《铜人腧穴针灸图经》一书并颁行全国。同时，他还铸造了造型逼真、构造精巧的教学工具——铜人模型。这对针灸学术的发展，起到了极大的推动和促进作用。

明代是针灸学发展史上较为活跃的时期，涌现出许多学术流派，并创立了丰富的针刺手法。在当时，代表性的医学家和著作有陈会的《神应经》、徐凤的《针灸大全》、杨继洲的《针灸大成》、汪机的《针灸问对》、李时珍的《奇经八脉考》等。

北宋医官王惟一设计铸造了用于学习针灸的铜人模型。

清代前期，针灸医学仍然十分盛行。到了清代后期，以道光为首的封建统治者却以“针刺火灸，究非奉君之所宜”的荒谬理由，悍然下令禁止太医院用针灸治病。这种来自官方的打击，严重阻碍了针灸医学的发展。

然而，由于针灸经济、方便，并具有良好的疗效，因此，它在民间仍然得到广泛的应用。

新中国成立之后，针灸医学得到了前所未有的普及与提高。到目前为止，针灸已经传播到世界上 140 多个国家和地区，为保障全人类的生命健康发挥着巨大的作用。

皇甫谧迷途知返，发愤读书，最终成为名垂青史的针灸名家，后世的针灸行业便将他奉为始祖。

我国民间的针灸行业将皇甫谧奉为祖师。皇甫谧（215—282 年），名静，字士安，魏晋时期安定朝那人（今甘肃平凉），后随父亲移居河南新安。其曾祖父是汉太尉皇甫嵩，但到皇甫谧时，家业已衰败。皇甫谧幼时顽劣，并不用功，直到 20 岁以后，他才发愤读书，而且达到废寝忘食的境界，终于成为当时著名的学士。

皇甫谧在 40 岁的时候不幸患了风痹症，他十分痛苦，但在学习上仍丝毫不敢懈怠。有些人感到不解，便问他为何对学问如此痴迷。他认真地告诉对方：“如果早上明白一个道理，就算晚上死去也是值得的。”

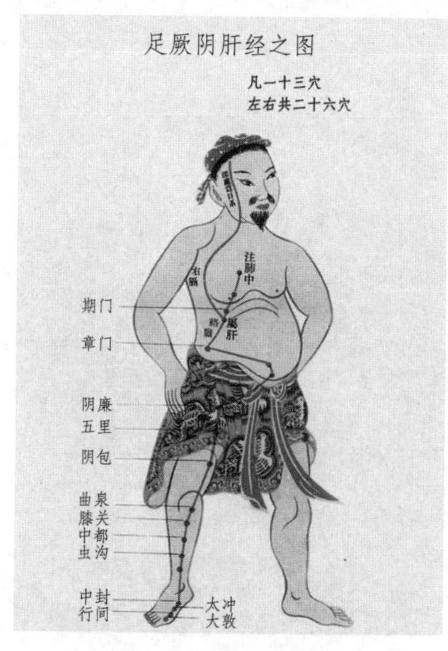

明代医学典籍上的足厥阴肝经示意图。

皇帝敬重他的品格和学识，欲请他出山做官。可是，他不仅婉拒了，而且还跟皇帝借回一车书来研读。这真称得上是一桩天下奇闻！

在抱病期间，他阅读了大量的医书，尤其对针灸学感兴趣。但随着研究的深入，他发现以前的针灸书籍大都深奥难懂，而且错误不少，极不便于学习和应用。

于是，他通过自己的实践，

摸清了人身的脉络与穴位，并结合《灵枢》《素问》和《名堂孔穴针灸治要》等医学典籍，经过悉心钻研，撰写出了我国第一部针灸学著作——《针灸甲乙经》。

《针灸甲乙经》共分 10 卷，128 篇，内容包括脏腑、经络、腧穴、病机、诊断、治疗等。书中校正了当时的腧穴 654 个（包括单穴 48 个），记述了各部穴位的适应证与禁忌，说明了各种操作方法。这是我国现存最早的一部理论结合实际、有重大价值的针灸学专著。

晋代以后的许多针灸学专著，都是在此书的基础上创作出来的，且没有超越它的范围。直至今天，我国的针灸疗法虽然在穴名上略有变动，但在原则上均本于它。

铁拐李的狗皮膏药

膏药，是中药的五大剂型“丸、散、膏、丹、汤”之一，历史十分悠久。早在先秦古籍《山海经》里面，就记载了“羯羊膏”，它用于涂搽皮肤以防皲裂，这可能是最原始的膏药。

《黄帝内经》《神农本草经》《难经》等医学典籍里面，都有关于膏药的记载。这里的膏药，是猪脂膏之类的软膏。魏晋时期，炼丹术盛行，黑膏药出现。而膏药用于临床，则是在唐朝初期。

到了宋代，随着医药文化的发展，膏药的种类越来越多，有用于治疗跌打损伤的止痛散瘀膏药，有用于治疗脓肿疖子的抽脓拔毒膏药，等等。到了明清时期，膏药已经发展成为民间非常普遍的药物。

清代医学家吴师机撰写的《理瀹（yue）骈文》一书，对膏剂的方药、应用和制作工艺均进行了专门的论述，并创造出了白膏药、松香膏药等新的膏剂类型。

黑膏药的制作工艺较为复杂，没有统一的标准，不易进行质量控制，这导致黑膏药的质量参差不齐。在现代橡胶膏药出现之后，黑膏药几乎绝迹。可是，根据现代药理研究，黑膏药在吸收和疗效方面都要优于橡胶膏药。

根据川剧《白象山》绘制的年画上面，獐女花姑子和其老婢就是用膏药为安公子疗疾的。

我国民间的膏药行，将“八仙”之一的铁拐李奉为本行业的祖师爷。铁拐李在我国民间的影响非常大。

据传，他的肩上总是背着一个大葫芦，里面盛着治病救人的妙药。而铁拐李能够成为膏药行的祖师爷，在民间还流传着一个有趣的故事：

“八仙”之一铁拐李，被我国民间的膏药行业奉为祖师爷。

相传在很久以前，有一个江湖郎中，他的拿手本领就是用草药外敷，专治跌打损伤、疥疮之类的外伤病。虽说疗效一般，但他心地善良，所以颇受人们敬重。

只要有患者求上门来，无论贫贱，他都要精心为患者治疗。若是病人无钱支付药费，他就为其免费治疗。铁拐李得知后，有心提携一下那个郎中，于是化装成乞丐前去考验对方的人品。

铁拐李来到郎中家门前，要他为其治疗瘸腿，并声明没钱支付药费。郎中见铁拐李确实可怜，二话没说，每天为他换药治腿，不厌其烦。谁知，那腿越治越糟糕，铁拐李不由得破口大骂。

郎中自感愧疚，便将铁拐李安排在家里住下，又为他买来狗肉补养身体。铁拐李吃完狗肉后仍骂他的药是假药，并把药料倒在狗肉汤里翻搅，熬成糊状。

狗皮膏药本身有着独特的疗效，只是因为被一些跑江湖卖假药的骗子玷污了名声，才会给人留下不良的印象。

这时候，铁拐李竟然用手挖了一些糊状的药料，敷在他的瘸腿上。郎中担心铁拐李被烫着，赶紧把药料揭下来，却发现他的腿突然变好了。正在郎中发愣之际，铁拐李隐身而去。郎中这才明白，原来是神仙在点拨他。

后来，他就用铁拐李传授的方法给病人治疗，十分灵验。铁拐李发明出了狗皮膏药治病救人，因此民间的膏药行业将他奉为祖师爷。

狗皮膏药，原本是一种神奇之药，只不过后来某些江湖游医心术不正，昧着良心行骗，从而败坏了它的名声。

时至今日，人们一提到“狗皮膏药”，往往就会把它与江湖骗术等同起来。这对于膏药行业来说，不能不说是一种莫大的遗憾！

李时珍遍寻药草

我们国家已经有四千多年中药养生、治病的历史，中药是我们的祖先在同大自然的斗争中积累起来的。就拿神农尝百草的传说来讲，神农不一定有其人，但“尝百草”的事肯定是有的，而且不可能是一个人所为。

神农氏，即传说中的炎帝。为了帮助大家摆脱疾病，有药可医，他遍尝百草，最终中毒而亡。

在原始社会时期，生产力非常低下，人们还不懂得耕作收获，只是从自然界中寻找现成的东西来充饥。可以想象，人们在采集野菜、种子以及植物根茎充饥时，有可能吃到一些有毒的植物，从而产生头痛、呕吐、腹泻等疾病，甚至可能死亡。譬如吃了大量的大黄，会产生腹泻；吃了瓜蒂，可能呕吐。这时候，可能因为无意中吃了某一种植物，症状很快缓解了。

灵芝，是中药里面最为神奇的一种，民间有许多关于它让人“起死回生”的传说。

这样天长日久，人们就逐渐懂得了哪些东西可以吃，哪些东西不能吃，甚至能够有意识地寻找那些能治病的植物。经过一段漫长的实践与总结之后，药物就出现了。

人参是中药之宝，在针对很多种疾病治疗时，它有化腐朽为神奇的效果。

中药，主要由植物药（根、茎、叶、果）、动物药（器官、皮、骨等）和矿物药组成。今天，全国各地使用的中药已达5000种左右，而把各种药材配伍形成的方剂，更是数不胜数。

中药里面有许多名药，植物药以人参、灵芝、何首乌、枸杞最为著名，动物药以牛黄、熊胆、蛇毒、鹿茸等最为珍贵，矿物药以朱砂、芒硝等最为常用。

在这些药物之中，植物药材占绝大多数，使用也最普遍。因此，中药也被人们称为“中草药”，中药学则被称为“本草学”。

中药的应用理论比较独特，有“四气五味”。“四气”又称“四性”，是指药性的寒、热、温、凉。“五味”则指药物的辛、酸、甘、苦、咸。中药的气味不同，其疗效也各异。

中药的应用形式多种多样，有用药物加水煮熟后去渣留汁而成的汤剂，有研磨成粉末的粉剂，还有丸剂、膏剂、酒剂、注射剂，等等。

我国民间炮制中药的历史非常悠久，早在秦汉时期成书的《黄帝内经》里面，已经有了关于中药炮制的详细记载。中药炮制的方法多样，如蒸、炒、炙、煅、炮、炼、煮沸、火熬、研、锉、捣膏、酒煮、水浸、刮皮、去核，等等。

旧时的中药铺大都这样布置，密密麻麻的药屉，代表的仅仅是中药的常用品种。

汉代医学家张仲景在《伤寒论》和《金匮要略》里面，对所用大多数方剂都注明了炮制方法，如麻黄去节、杏仁去皮、大黄酒洗等。与此同时，《神农本草经》不仅对当时所用药物的功用做了总结，而且还收集了很多有关炮制的资料。

《神农本草经》共分3卷，收录药物365种，每种药物的下方都标明了性味、功能与主治。另外，书中还简要地讲述了用药的基本原理，如有毒无毒、四气五味、配伍法度及服药方法等。《神农本草经》是对汉代以前我国药物知识的总结，它为中药学的发展奠定了基础。

这一时期，不仅中药的炮制颇具规模，而且人们已经开始大量种植药材。汉武帝时期，长安建立起了药材引种园。张骞出使西域，引种红花、安石榴、胡桃、大蒜等有药用价值的植物到内地，丰富了中药的种类。公元6世纪，北魏农学家贾思勰在《齐民要术》中，记载了地黄、红花、吴茱萸、姜、栀子、桑、莲等多种药用植物的栽培方法。

到了魏晋南北朝时期，人们不仅对炮制方法和技术有所改进，而且对制药工具的选择也有了进一步的研究，如切制“骨碎补”时须用铜刀，石榴皮忌用铁器，煎药用瓦罐等，大多数方法跟现代科学是相符合的。

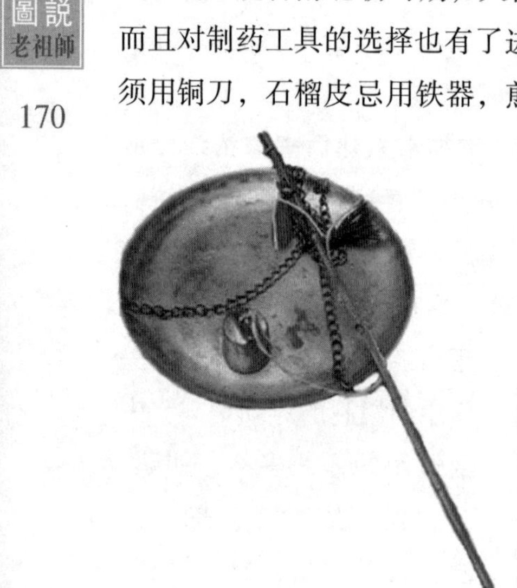

中药方对药材分量要求比较严格，这是过去药铺和钱庄常用的称重工具——戥子。

唐宋时期，我国第一部制药专著《雷公炮炙论》问世。这本书对当时流传的中药炮制方法进行了系统的总结，对后世炮制的发展有很大的影响。梁代陶弘景的《本草经集注》，是继《神农本草经》之后的又一药物名著。书中提到了蜜的炼制方法，认为“凡用蜜皆先火煎，掠去其沫，令色为黄，则丸药经久不坏”。给后世炼蜜法提供了宝贵的资料。

宋代时，国家开办了药局，开始售卖成药，并大力提倡制备成药。因此，当时中药的炮制方法发展极其迅速。到了明代，中药炮制已经发展得较为全面。在炮制理论方面，医学家陈嘉谟在《本草蒙筌》中，系统地论述了若干炮制辅料的作用原理。

明代医学家李时珍为中国本草学做出了巨大的贡献，因此他被后世的中药行尊为祖师。

明代医学家李时珍（1518—1593年），字东璧，湖北蕲州人（今湖北蕲春县），其父李言闻是当地名医。李时珍继承家学，尤其重视对本草的实践与探索。他是中国医学史上一位举足轻重的人物，他编写的《本草纲目》一书，更是我国医学史上的一部辉煌巨著。

李时珍曾在徒弟庞宪、儿子李建远的陪同下，远涉深山旷野，遍访名医宿儒，搜求民间验方，观察和收集药物标本。除了湖广之外，他还到过江西、江苏、安徽等许多地方。

就这样，历时27年，经过实地调查，李时珍弄清楚了药物上的许多疑难问题，于万历戊寅年（1578年）完成了《本草纲目》的编写工作。

旧时中药铺门口悬挂的招幌。

《本草纲目》共16部，52卷，约190万字。全书收纳诸家本草所收药物1518种，在前人的基础上增收药物374种，合1892种，其中植物1195种。书中还辑录古代医学家和民间验方11096则，书前附药物形态图1100余幅。

这部伟大的著作，吸收了历代本草著作的精华，尽可能地纠正了以前的错误，补充了不足之处，并有很多重要的发现和突破。直到16世纪为

清代中药铺的店堂。

止，它是我国最系统、最完整、最科学的一部医学著作。

正是因为李时珍对中国本草学发展贡献巨大，他才被后世的中药行奉为始祖。

到了清代，人们对药物的研究大多集中在临床应用方面，炮制方法附载于各家本草中。从鸦片战争到新中国成立前夕的一百多年中，帝国主义的入侵使中国陷入半封建半殖民地的境况，中药也因此遭受歧视和排斥，得不到应有的发展。中医药事业受到严重摧残，处于奄奄一息的境地。

新中国成立之后，在政府的关怀之下，中医学重新振兴，中药炮制也迅速发展起来。中药以其副作用小、标本兼治的疗效，得到广大患者的信赖。中医药学博大精深，它不仅是中华民族的，也是全世界的医学瑰宝！

第七辑　雄才大业篇

农师后稷的奉献

传统中国是一个典型的农业社会，从事农业生产的人口一直占绝大多数。我国农业起源可追溯到距今一万年以前，到了距今七八千年时，原始农业已具有相当的规模。

远古时期，先民们使用以石头打磨的工具来收割庄稼。

夏商周时期，中国发明了金属冶炼技术，青铜农具开始应用于农业生产。水利工程也开始兴建，农业技术有了初步发展。

春秋战国时期，是中国社会大变革和科技文化大发展的时期。冶铁技术的发明，促使铁农具大量出现，极大地推动了农业生产的发展。人们大量开垦荒地，在连作制基础上还发展了轮作复种制、一年两熟制、两年三熟制等耕作方式。

人工施肥技术和铁犁牛耕技术的普及与推广，使农田损失的养分迅速得到补充。战国时期的思想家吴起、商鞅等人，正是看到人工施肥能够迅速恢复地力，意识到土地大有挖掘潜力，从而产生了充分开发土地的思想，提出“草不尽垦，地利不尽出”的主张。

秦汉至南北朝时期，是我国北方地区旱地农业技术成熟的时期，耕、耙、耱配套技术形成，多种大型复杂的农具先后被发明使用。

北魏著名的农学家贾思勰，创作了大型农业百科全书《齐民要术》，全书共10卷，92篇，内容十分丰富。它总结了我国北方劳动人民长期积累的生产经验，介绍了农、林、牧、渔及副业的生产技术知识，还提出了因地制宜、多种经营以及商品生产等许多宝贵的思想。

商周时期，农业推行“井田制”，男人们三人一起耕作，称为“协田”。西周时期，两人一起耕作，称为“耦耕”。

譬如，贾思勰率先测定出不同绿肥作物的肥效，他在《齐民要术》中总结出的绿肥轮作模式有八种之多。这表明，栽培绿肥和绿肥轮作在我国南北朝时期已经走向成熟。而那时候，欧洲农业还处于“三圃制”阶段，地力的恢复完全依靠抛荒轮休。直到18世纪30年代，英国才出现绿肥轮作制——用豆科牧草与粮食作物等轮作。

从唐朝至元代，我国民间的农业中心从北方转移到了南方，南方水田的配套技术及专用农具日渐成熟，南北农业同时获得较大的发展。

唐朝以前，农产品商品化趋势并不明显。唐朝时期，茶叶成为生活的必需品。唐朝中期，政府开始征收茶税，这是农产品商品化的典型象征之一。

汉代推广的“二牛抬杠”耕作方式。一人牵牛，一人坐杠上控制犁铧深浅，还有一人在后面扶持犁耙。

元代出现了众多农业专著，如司农司编写的《农桑辑要》、王祯的《农书》等。《农书》共22卷，13万余字，写作重点在生产工具的改革方面。其中“农器图谱”部分12卷，附有306幅插图。这部书特别重视用机械代替简单工具，用水力替代人力和畜力，对提高生产力起到了极大的推动作用。

明代著名农学家徐光启，编辑出版了中国农业史上另一部意义深远的著作——《农政全书》。

北魏著名农学家贾思勰，创作了大型农业百科全书《齐民要术》。

这部著作，基本上囊括了古代农业生产和人民生活的各个方面。按照内容，全书大致上可分为农政措施和农业技术两部分。前者是全书的纲，后者是实现纲领的技术措施，所以在书中人们可以看到开垦、水利、荒政等一些不同寻常的内容。

明清时期，耕地的面积不断扩展，连不适宜生长稻、麦的贫瘠沙碱地也被利用了起来。因此，粮食的产量大幅增加，棉花、桑蚕、烟草、油料、药材等经济作物的种植面积也扩大了不少，形成了一些专业生产区域。

农民在长期农业生产中，逐渐形成了一种以农业服务和农民自身娱乐为中心的风俗文化，这就是人们常说的农耕文化。农耕文化集合了儒教文化以及各类宗教文化，形成了自己独特的文化内容和特征。它是中国存在最为广泛的文化类型，甚至一直影响到现在。

明代著名农学家徐光启与农民探讨水稻的种植方法。

有关农业和土地方面的崇拜与信仰，几乎涵盖了农耕文化的全部。而今天，农民对土地的崇拜，更多的是顺应习俗和传统。在我国民间传统习俗中，农民们尊奉后稷为农业祖师。

相传在很久以前，炎帝后裔有邰氏有个女儿叫姜嫄，她很想要个儿子。有一天，她来到郊外，向天神祈祷，希望天神赐给她一个儿子。

后来她外出时，偶然发现地面上有一个巨大的足迹。她好奇踏上去比对了一番，结果竟意外怀孕。不久，姜嫄生下一个小男孩。人们都议论纷纷，认为这个无父亲的孩子是个“不祥之物”。

年画《男十忙》，描绘了十三个庄稼汉进行耕地、耙地、种麦、锄草等田间劳动的情景。

姜嫄将儿子抛弃了三次，先后把他扔在小巷、冰河和森林里。但奇怪的是，每一次都有牛羊、飞鸟和人相救。姜嫄认为他是一个神孩，就又把他抱回来养育。古人把谷子一类的庄稼叫“稷”，姜嫄就给儿子取了“后稷”这个名字。

后稷是一个非常有志气的孩子，从小就喜欢农艺。渐渐长大之后，他看到人们仅依靠打猎维持生活，不仅食物很单调，而且常常吃了上顿没有下顿，心里非常难过，就决心想个办法让大家能够生存下去。

经过反复观察和思考，后稷惊奇地发现，飞鸟嘴里衔的种子掉在地里，人们吃完的瓜子和果核扔在地上，到第二年它们会发出新芽，长出新的果树。后来，他还发现植物的生长与天气、土壤有关系。于是，他决定利用天气的变化和不同类型的土地，指导人们选育良种，有计划地进行农耕。

后稷传授人们种植庄稼的经验与技术，对农业发展做出了巨大的贡献，故而被后世尊奉为农业的始祖。

春天，后稷把种子撒播在松软的土地里。秋天，他从土地里收获了许许多多的瓜果谷物。人们很惊讶，都学着他的样子耕地种庄稼。

帝尧知道了，非常尊敬他，便推举他做了“农师”。从此，后稷辛勤地教导人们耕田、种地，发展农业。家家户户都有了丰盛的收获，日子越过越好。

后稷去世之后，人们尊奉他为农业的祖师，世世代代祭祀他。每到迎神赛会或正月十五等日子，人们便抬着后稷塑像及农具举行各种庆祝活动，以示纪念。

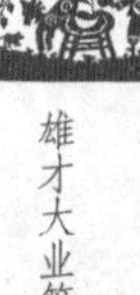

大禹壮志治水灾

中国历代王朝都非常重视水利工程建设，这与水利在古代经济中的地位是分不开的，因为古代中国最重要的生产部门是农业。农业受自然因素影响极大，在生产力不发达，人们抵御自然灾害能力低下的情况下更是如此。

我国水利的发展历史，一般可分为古代、近代和现代三个阶段。相传在四千多年以前的尧舜时期，我国的黄河流域连续发生特大洪水灾害。

庄稼被淹没了，房子被毁坏了，老百姓只好往高处迁徙。因此，有许多地方暴发瘟疫，还有不少毒蛇猛兽伤害人和牲畜，人们生活的处境异常艰难。

尧便召开部落联盟会议，商量治水的事情。派谁去治理洪水呢？尧就征求四方部落首领的意见，首领们最终推荐鲧，但尧对鲧并不完全信任。

舜帝，是中国传说历史人物中的“三皇五帝”之一，他曾授命大禹负责天下治水的任务。

众首领们却说：“现在没有比鲧更强大的人才啦，就让他去试一下吧！”

听了之后，尧才勉强同意。

鲧花了九年时间治水，但并没有把洪水制服。因为他只懂得水来土掩，造堤筑坝，结果洪水冲毁了堤坝，水灾反而闹得更

大禹治水曾三过家门而不入，立下了不朽的功勋，因此被后世的水利业奉为始祖。

凶了。

舜接替尧当了部落联盟首领之后，亲自到治水的地方去视察。他发现鲧办事不力，洪灾越来越严重，就下令把鲧杀了。然后，他又让鲧的儿子禹去治水。

禹改变了父亲的做法，采用开渠排水、疏通河道的办法，把洪水引到大海中去。他和老百姓一起劳动，戴着箬帽，拿着锹子，带头挖土、挑土。他的双手磨出了厚厚的老茧，肩膀上也不知道结过多少次血痂，可他根本顾不上歇息。

当时，禹刚刚结婚成家。为了治水，他到处奔波，数过家门而不入。有一次，他的妻子涂山氏生下儿子启，婴儿正在哇哇地哭叫，禹恰巧从门口经过，听见哭声之后，他仍狠下心没有进去探望。

经过十三年的艰辛努力，大禹带领百姓终于把洪水引到大海里去了。洪水被制服了，天下的百姓又开始安居乐业。

大禹因治水的功绩，被后世的水利业尊为始祖，一直受到后人的赞颂与怀念。春秋时有人感慨道："微禹，吾其鱼乎！"这句话是感叹，要不是大禹，我们现在早已变成鱼虾了！

战国时期，秦国的李冰父子，在四川灌县（今都江堰市）岷江

两千两百多年以前，由李冰父子主持兴建的都江堰水利工程，至今仍发挥着巨大的作用。

上主持兴建了驰名中外的都江堰水利工程，有利地促进了当地农业生产的发展。都江堰距今已经有两千两百多年历史，至今仍发挥着巨大的作用。

秦王政元年，韩国水工郑国来到秦国，开始承担修建引泾灌渠工程。总干渠西起仲山（在今陕西省）脚下的泾河，东注洛水，长三百余里，沿途要经过许多大河及无数的小河，工程的难度可想而知。

郑国不顾鞍马劳顿，跋山涉水，实地勘察。他悉心地访百姓，找水源，观地形，制方案。后来，秦王政采纳了他的建议，征调数十万民工，开始修建水渠。这一工程足足修建了十年，仍未完工。

两汉时期，农田水利的地区特色十分明显。汉武帝和汉明帝都进行了大规模的黄河工程治理建设，取得了良好的效果。黄河流域以营建灌溉渠为主，著名的工程有六辅渠、白渠、龙首渠等；江淮、江汉之间，以修建天然的陂池为主；西北则修筑了坎儿井。

隋唐时期，隋朝修建了大运河，唐朝各地兴修的水利工程超过了六朝的总和。宋神宗支持王安石变法，在当时颁布的《农田利害条约》法令中，设立了农田水利官，此后兴修水利工程一万多处。元朝开凿了会通河和通惠河，将几大水系贯通了起来。

通惠河，是由元代水利专家郭守敬主持修建的。通过清代画家对通惠河的局部描绘，可以看出通惠河漕运的繁荣情景。

明朝嘉靖二十一年（1542 年），明政府下令兴修水利，将荆江大堤连成整体，又修筑了武汉的黄广大堤、安徽同马大堤和无为大堤。清朝康熙和雍正年间，清政府又拨专款修筑湖广堤围，修堤围垦极盛，这就是过去民间传说的“湖广熟，天下足”之缘起。

清道光二十年（1840

年)，全国人口已达4.1亿，耕地面积达0.73亿公顷。这一切，均得益于水利工程的发展。

而今天，我国人民在水利工程建设和防治洪水等诸多方面，仍然任重道远。先祖大禹治水的精神，就像一座永远不倒的丰碑，时时刻刻激励着人们去开拓。

至圣先师的胸襟

教育，是人类文化传播的主要手段。在中国古代文献中，“教育”一词最早出现在约成书于战国中后期的《孟子》中，即“得天下英才而教育之”。

原始社会还没有学校，知识的传播大都是靠长者的身教与口耳相传。在公元前3000年左右，已经有象形文字出现。有了文字，自然就会出现专门传授知识和学习的机构，当时称为“成均”，这就是学校的最初萌芽。到了夏朝，便有了正式以教为主的学校，称为“校”。孟子说：“夏曰校，教也。”商朝时，称为“庠”。到了周朝，则称为“序”。当时的“序”又分为“东序”和“西序”。前者为大学，在国都王宫之东，是贵族及其子弟入学之地；后者为小学，在国都西郊，是平民学习之所。

春秋战国时期，官学逐渐为私学所替代，出现了新兴阶层“士”。就在这一时期，社会上出现了一位对后世教育影响巨大的人

“耕读传家”，在古代中国可谓意义深远，深入民心。既学做人，又学谋生，是中华子民的优良传统。

物，他就是孔子。

孔子（公元前 551—前 479 年），春秋末期思想家、教育家，儒家学派的创始人。因其父母曾为生子而祈于尼丘山，故名丘，字仲尼，鲁国陬邑（今山东曲阜）人。曾编修《诗》《书》，删定《礼》《乐》，序《周易》，作《春秋》。

孔子被后世的教育界奉为祖师，可谓当之无愧。

他开创了我国历史上私人讲学之先河，改变了以前由官府办学，文化知识是贵族专利的现象，将传道授业移植到了民间。

相传，孔子的弟子多达三千余人，贤人七十二，他教出不少有知识有才能的学生。他首先提出“有教无类”的方针，即无论贫贱富贵，均可以在他那里受教。在众弟子当中，贫贱的如颜回，富贵的如子贡、孟懿子等，绝大多数是来自鲁、齐、卫等国的平民子弟。真可谓桃李满天下！

孔子教学的目的，是传授他的“人道”学说，即“克己”“复礼”“为仁”，以此成就人格，提高生命境界，并终成大器。他采用因材施教和启发式的教育方法，培养学生们的“学而时习之”“温故而知新”“三人行必有吾师”“不耻下问”等风范。

孔子在讲学过程中，所花费的精力已达到无以复加的程度。弟子们深切感受到老师呕心沥血的良苦用心，因而都发自内心地崇敬他。他们随他一起奔波行道，周游列国，备受艰辛与饥饿也毫无怨言。

孔子逝世之后，弟子们悲痛不已，皆在坟前服丧三年。

当有人诋毁孔子时，他们便正色以告其人“不自量”。当遇到危难时，他们则

东汉经学家郑玄，以毕生精力整理古代文化遗产，从而使经学进入一个“小统一时代”。

舍身护卫。孔子逝世之后，弟子们如丧考妣，皆在坟前服丧三年。子贡独守六年，其尊师重道精神，至今仍传为佳话。

因此，孔子被后世奉为教育界的始祖。

我国民间兴办私学的风气在兴盛一段时间之后，由于受到种种因素的制约，逐渐衰退下来。而官办的学校又成为社会的主导，并蓬勃发展起来。

汉代特别重视发展官学，其重点是太学。汉武帝元朔五年（公元前124年）创立太学，设置博士弟子50人。到汉成帝时，增至3000人，汉质帝则陡然增至3万余人。汉代太学规模之大，可谓世界罕见。

这一时期，在社会上还出现了专科学校，如东汉末年创立的鸿都门学。之后南北朝时期的史学、儒学、玄学，唐、宋、明三代分别创立的书学、算学、律学、医学、画学、武学等，都属于为培养某种专业人才而设立的专业学校。

隋朝统一全国后，为了满足扩大封建统治阶级参与政权的要求，加强中央集权，于是把选拔官吏的权力收归中央，用科举制代替九品中正制。隋炀帝大业三年（607年）开设进士科，用考试办法来选取进士。从此以后，我国的教育体制便深深打上了科举制度的烙印。

唐朝的帝王承袭了隋朝传下来的人才选拔制度，并做了进一步的完善。由此，科举制度逐渐完备起来。在唐代，考试的科目分常科和制科两类。每年分期举行的考试称常科，由皇帝下诏临时举行的考试称制科。常科的科目有秀才、明经、进士、俊士、明法、明字、明算等五十多种。

唐代的京师设国子监，负责的官员称国子监祭酒。其下设国子学、太学、四门学，专收贵族官僚子弟。除此之外，还有律学、书学、算学。教师称为“博士”。学生入学的年龄在 14 岁以上，19 岁以下。在地方上，则开办府学、州学、县学。教师除设博士之外，还有助教与教官等。

在唐代还产生了武举。武举开始于武则天长安二年（702 年）。应武举的考生来源于乡贡，由兵部主考。考试科目有马射、步射、平射、马枪、负重等。

宋代的科举大体同唐代一样，有常科、制科和武举。相比之下，宋代常科的科目比唐代大为减少，其中进士科仍然最受重视，进士一等多数可官至宰相，所以宋人视进士科为“宰相科”。

宋朝确立了三年一次的三级考试制度。宋初科举仅有两级考试制，一级是各州举行的取解试，一级是礼部举行的省试。

在教学内容上，除了太学之外，有律学、算学、书学、画学、医学等诸学。这时书院制度也开始兴起。书院，具有讲学、藏书、祭祀三大功能，有分科制度、课程规定、考课制度等一套教学管理制度。

书院的藏书，来源于皇帝赐书、私人捐赠、书院购置以及自己刊刻。藏书的特色与教学和学术研究有关，书院制定出一整套细密的收藏、借阅制度。书院定期祭祀先圣孔子和跟本院有关的先儒贤人，以及主宰功名的文昌帝和魁星等。

北宋书院最显著的标志，就是涌现出一批私人创办的全国著名的书院。书院教育由于受到官方的支持与资助，因而起到了代替和补充官学的重要作用。北宋书院达数十所之多，遍布全国各地，其中比较著名的有岳麓书院、白鹿洞书院、应天书院、睢阳书院、石鼓书院、茅山书院等。

岳麓书院始于北宋开宝九年，历经宋、元、明、清的时势变迁，1926 年正式定名为湖南大学。

南宋书院的发展进入一个新的阶段，其重要标志是书院与理学的结合。书院作为一种制度化的私学，终于成熟和完善起来。到宋理宗时，新建的书院达一百多所，占南宋全部书院的三分之二以上。

明代的科举制度已经非常成熟，这是明代佚名画家描绘的《科考图》，现场戒备森严。

元代是书院建设的繁荣时期，共有书院227所，因此历来就有“书院之设，莫盛于元”之说。

明代以前，学校只是作为科举输送考生的途径之一。到了明代，进学校却成为参加科举的必由之路。明代入国子监学习的，通称监生。监生大体分为四类：生员入监读书的称“贡监”，官僚子弟入监的称“荫监”，举人入监的称“举监”，捐资入监的称“例监”。

监生可以直接做官。特别是明初，以监生身份而出任中央和地方大员的多不胜举。明成祖以后，监生直接做官的机会越来越少，却可以直接参加乡试，通过科举做官。

明代正式科举考试分为乡试、会试、殿试三级。乡试考中的称“举人”，俗称“孝廉”，第一名称“解元”。会试考中的称“贡士”，俗称“出贡”，第一名称“会元”。

殿试由皇帝亲自主持，录取分三甲：一甲三名，赐“进士及第”，第一名称“状元”或“鼎元”，第二名称“榜眼”，第三名称“探花”，合称“三鼎甲”。二甲赐进士出身，三甲赐同进士出身。二、三甲第一名皆称“传胪”。一、二、三甲

“洞房花烛夜，金榜题名时”，是古代每个读书人梦寐以求的事情。这是杨家埠年画中的“状元娶亲”。

民国时期，在城乡有许多大大小小的私塾，对孩子们进行基础教育。

通称“进士”。

进士榜称“甲榜”，或称“甲科”。进士榜用黄纸书写，故叫“黄甲”，也称“金榜”，中进士称“金榜题名”。乡试第一名叫“解元”，会试第一名叫“会元”，加上殿试一甲第一名的状元，合称“三元”。连中三元，是科举场中的佳话。

清朝与明朝的教育制度相近，中央设有国子监，并分为南北两监（北京和南京）。学生称为贡生、监生。在这些学校当中，还有为数不少的日本、朝鲜等国的留学生。地方府、州和县，设孔庙和学馆（学校）。府学教官称“教授”，县学教官称“教谕”。这一时期还正式形成了“五贡”制度，即“副贡”“拔贡”“优贡”“岁贡”和“恩贡”。

明清时期，除了为科举应试所创办的学校之外，启蒙教育也开始发展。私塾、义学和专馆，便是社会上为启蒙教育开办的三类学校。

科举制发展到清代，日趋没落，弊端也越来越多。清代统治者对科场舞弊的处分虽然特别严厉，但由于科举制本身有弊病，所以舞弊的恶习越演越烈。清朝光绪三十一年（1905 年），清政府废除科举制度，建立了京师大学堂。这所新式学校的诞生，也意味着我国的教育行业开始走向一个崭新的纪元。

夙沙氏煮海制盐

刮盐花取盐法，是中国古代盐民最原始的制盐方法。

盐，是维系人类生存的一种必需品。中国制盐的历史，至少可以追溯到五千多年以前，几乎与华夏文明史同步。但在唐宋以前，海盐的生产还比较原始，人们多采用“刮盐花取盐法”和“淋卤煎盐法”。

刮盐花取盐法，是在大海退潮之后，用木板将大海留在沙滩上的那层白色盐花收集到一起。收集起来的盐花，因为里面有泥沙等杂质，不能直接食用。这时候需要把盐花放进锅里，添加上适量的海水蒸煮，直至盐花彻底融化，将泥沙沉到锅底。然后把盐水用木勺舀到另一口锅里，继续烧煮，直到锅内出现白色的结晶。再改烧小火，捞出结晶块，即为原盐。

捞出来的原盐还需要晾晒。将刚出锅的原盐均匀地摊放在坚硬的地面上，经过风吹日晒，结晶块变得干松、无水之后，就可以保存或出售了。

淋卤煎盐法，就是以海水煮盐，又称煎盐、熬盐或烧盐。煮盐用的锅是大铁锅，煮盐的灶很大，灶台一般高 1 米左右，长 10 多米，宽则 5 米左右。煮盐之前，用木桶挑海水把盐灶锅装满，然后在灶内燃烧柴草，直到把锅里的海水烧干为止。这样就可以看到锅底留下的又白又细的盐。

煮盐不能半途停火，烧一昼夜俗称“一复火”。一复火可以起4次盐，共200公斤左右，又称“一引”。煎煮一引盐，需要烧柴草100多捆。煮盐虽然耗柴甚巨、成本颇高，但在晒盐工艺和现代的机械制盐工艺出现之前，它是一种非常实用和简便的方法。

宋元以后，在我国沿海地区，煎盐逐渐被晒盐取代，这样便节省下很多燃料的费用。有些地方还利用地势，在海边修筑一系列盐池，将海水导引其中，从而将淋卤的过程也省去了。明代著名科学家宋应星在《天工开物》一书中，便详细记载了制盐的全过程。

由于在自然界中分布不同，盐又可分为海盐、湖盐、矿盐、井盐等不同种类。

海盐，主要产于沿海的山东、河北、江苏、浙江、福建、广东、台湾等省份。盐民利用沿海滩涂，筑坝开辟盐田，通过纳潮扬水，使其经过日照蒸发变成卤水。当卤水浓度达到25波美度时，形成结晶块，即为原盐。

过去，盐民没有现在这样便捷测试卤水浓度的仪器，对卤水浓度的确认完全是凭多年晒盐的经验。

盐民通常采用莲子或鸡蛋试卤。卤水聚在池内，要检验其是否即将达到出盐的标准，盐民会将莲子系上大麦粒大小的铅块，放在卤水中。若莲子浮出水面，则意味着卤水的波美度即将达到出盐的标准。

鸡蛋试卤法，则是将新鲜鸡蛋投放到卤水当中。若鸡蛋横浮在

煎盐法，在中国古代制盐历史上经过了一段漫长的时期，后来被晒盐法所取代。

明代科学家宋应星在《天工开物》中，详细地描述了制盐的过程，这是其中的汲卤示意图。

卤水面上，卤水的浓度即将达到峰值；竖浮在卤水面上，意味着浓度稍差；若半漂不沉，说明卤水浓度很低。其实，不仅是试卤，在过去的手工制盐工艺中，很多细节都需要盐民凭借经验来把握。

早期的日晒法制盐，每一道工序仍是由人工完成。作为一名合格的盐民，不仅要有丰富的操作经验，而且还要有强健的体魄。从池中将结晶的原盐捞出来，便是一项异常繁重的体力活。

盐民两人合力，将原盐从结晶池里抬到盐台上，堆成屋脊形或圆锥形的盐垛，这样便于原盐里的卤水渗出。最后用苇草苫盖好，待原盐变干后，即可外运销售。

湖盐亦称“池盐”，内陆的盐湖由于受干燥气候影响，能够自然生成结晶盐。现在青海省境内的察尔汗盐湖、茶卡盐湖即生产这种湖盐。

矿盐也称石盐，是古代的海水或湖水干涸后形成的。其产地皆在地势高耸、山脉绵亘的地区，例如四川、云南、甘肃、新疆等。

在古代制盐工艺中，井盐的生产工艺最为复杂，也最能体现我国古代劳动人民的智慧。井盐的生产工艺，经历过一个不断发展的过程。早在战国末期，秦蜀郡太守李冰就已经在成都平原上开凿盐井，汲卤煎盐。当时的盐井口径较大，井壁容易塌陷，再加上深度较浅，因此只能汲取浅层盐卤。

到了北宋中后期，在川南地区出现了“卓筒井”。卓筒井是一种小口深井，在凿井时，使用“一字型”钻头，采用冲击方式打碎岩石，再注入水或利用地下水，以竹筒将岩屑和水汲出。卓筒井的口径只有碗口大小，井壁不易坍塌。古人还将大楠竹去节，首尾套接，外缠麻绳，涂以油灰，下至井内作为套管，以防止井壁塌陷和淡水

时至今日，晒盐法仍是制盐的主要方式。这是民国时期盐场晒盐时的情景。

侵入。

在取卤时，以细竹作汲卤筒，插入套管内。筒底以熟皮作启闭阀门，一筒可汲卤数斗。井上竖有大木架，用辘轳、车盘提取卤水。

卓筒井的出现，标志着中国古代深井钻探工艺的成熟。此后，盐井深度不断地增加。清朝道光十五年（1835 年），四川自贡盐区钻出了当时世界上第一口超千米的深井——燊海井。

我国民间的制盐业，一直是将夙沙氏奉为本行业的始祖。

相传在远古时期，在山东半岛南岸的胶州湾一带，居住着一个原始的部落。部落里有一个名叫夙沙的人，他聪明能干，膂力过人，善于使用一张用绳子结成的渔网。每次外出捕鱼或打猎，他总是能够满载而归。

民间盐宗庙里供奉的盐业祖师夙沙氏塑像。

有一天，夙沙在海边煮鱼吃。他跟往常一样，提着陶罐从海里打了半罐子水回来，可刚放在火上煮，忽然见一头野猪从他眼前飞奔而过。夙沙岂能放过，他拔腿就追。

等他扛着那头被他打死的野猪回来之后，罐子里的水已经熬干了。这时，他发现罐底留下了一层白白的细末。他用手指蘸了一点放到嘴里尝了尝，感到又咸又鲜。

夙沙将它们撒在烤熟的野猪肉上吃起来，结果味道鲜美极了。那白白的细末，便是从海水中熬出来的盐。

从此，夙沙氏如法炮制，开创了中国也是世界上人工海水制盐的先河。煮盐工艺的首创者夙沙氏，也因此成为海水制盐的鼻祖，并被后世尊奉为“盐宗”。

先蚕娘娘养蚕忙

中国是世界上最早发明养蚕织丝的国家。早在殷商时期，民间的养蚕业就已经相当发达了。养蚕主要是为了获取蚕丝，然后利用蚕丝织成薄纱、锦缎、丝绒、绸绢等物品。

蚕茧能够缫丝，是我国古代劳动人民的一个伟大发现。

人们最初发现蚕茧可以抽丝，可能有多种起因。蚕蛹大概是古代先民的食物之一，剥食时要撕去茧衣，再咬破茧壳。由于偶然的原因，有人将蚕茧放入口中，茧壳在唾液的浸润之下，丝胶溶解，密缠在一起的茧丝分离，因而无意中发现了蚕丝。

旧时，民间丝织作坊专门用来缫丝的手摇缫丝车。

此外，在撕咬茧壳的过程中，也有可能将蚕丝牵出来。后来经过反复实践，人们悟出了在合适水温中可以剥茧抽丝的道理，于是将蚕茧放在热水里浸煮，脱去丝胶，再缫取蚕丝。这就是最早的缫丝技术。

殷商时期，我国的劳动人民改进织机，发明了提花装置，能够用蚕丝织成精美的布料了。我国古代劳动人民，在长期的生产实践中，逐步掌握了蚕的生活规律，然后他们不断地改进养殖条件，以提高蚕丝的产量和质量。在很长一段时间里，我国是世界上唯一掌握蚕丝生产技术的国家，到汉朝时这一技术才传到国外去。

旧时，民间丝织作坊专门用来缫丝的脚踏缫丝车。

蚕以桑叶为食，它原本是野桑树的一种害虫。它们繁殖的数量，由野桑树的数量限制着。当人工大规模养蚕时，野桑树就供应不过来。于是，人们开始人工培植桑树。

最早，桑树的树种比较高大。采桑叶的时候，人们要爬到树上去采摘。为了便于采摘，人们后来培育出一种低矮的桑树，它就是现在所见的“地桑”，又称“鲁桑”。

在周朝时，栽桑养蚕已经在我国南北广大地区蓬勃地发展起来，丝绸成为当时贵族阶层衣着的主要原料，养蚕织丝也是当时妇女的主要生产活动。据《左传》《仪礼》等古代典籍记载，当时已经有专门的蚕室和养蚕的器具，这些器具包括蚕架、蚕箔等。由此可见，我国民间在周朝时就已经有了一套成熟的栽桑养蚕技术。

勤劳的中国妇女从事养蚕已经有数千年的历史，直至今天也没有中断过。

汉代，蚕丝业得到进一步发展，无论在产量还是在质量上，均有很大的提高。东汉历史学家班固编撰的《汉书》中有这样的记载：汉武帝刘彻在元封元年

（公元前110年）出巡朔方，封禅泰山，在华北做了一次长途旅行。一路之上，他仅用于赏赐的绢帛就达百万匹之巨。当时，政府一年的赋税可以征得500万匹绢。

用稻秸扎制的结满蚕茧的“蚕山”。

西汉建元三年（公元前138年），汉武帝派遣张骞出使西域，最远曾到达过中亚细亚。我国古代的丝绸，大体就是沿着张骞出使西域的道路，从昆仑山脉的北麓或天山南麓往西，穿越葱岭（帕米尔），经中亚细亚，再运到波斯、罗马等国。这就是闻名世界的“丝绸之路”。后来，蚕种和养蚕的方法也是先从内地传到新疆，再由新疆经“丝绸之路”传到阿拉伯国家、欧洲和非洲的。

根据史料记载，早在公元前11世纪左右，我国的蚕种和养蚕方法就已经传到朝鲜和日本等国家。后来，日本又多次派人到中国取经，或招收中国的技术人员到日本去传播经验，以促进蚕丝事业的发展。直到近代，日本还不断地从我国引进优良的家蚕品种和先进的栽桑经验。

因此可以这样说，世界上所有养蚕的国家，最初的蚕种和养蚕方法，都是从我国传出去的。

在我国古代，有很多记载栽桑养蚕技术的书籍，如《汜胜之书》《秦观蚕书》《广蚕桑说》《蚕桑辑要》《野蚕录》，等等。这些古籍，记录下了我国历代劳动人民栽桑养蚕的丰富经验。

到南宋时期，王室南渡，政治中心南移，富商巨贾也随之南迁，带去了大量的资本。于是，南方市场上的丝织品销路激增，丝绸罗缎的生产也日渐兴盛，南方成为全国丝织业的中心。南宋政府还在江宁、杭州委派官员，令其专门负责掌管丝绸业务。

到13世纪七八十年代，元朝官府也在杭州、南京、苏州三处设置染织局等官营机织工场。元政府每年赋税征收蚕丝数百万斤，除了供官营机织工场使用之外，也转售给一些经营丝织的个体商人。

明朝初期，明太祖曾多次下令，倡导民间大力栽桑养蚕，以确保及扩大生丝和丝织品的生产。明神宗万历年间（1573—1619 年），由于生产工具的改良和生产技术的提高，民间的丝织品生产得以飞速发展。

这是明代佚名画家创作的《宫蚕图》长卷中的画面之一，宫女们正忙着从“蚕山”上往下采摘蚕茧。

为了发展蚕丝生产，我国古代除了饲养春蚕之外，还饲养夏蚕、秋蚕，甚至一年里养多批蚕。明代的蚕农在制备夏蚕种的时候，发现了家蚕的杂交优势。明代科学家宋应星在《天工开物》里指出“早雄配晚雌”，悟出了物种变异的重要科学思想。这是世界上最早关于家蚕杂交技术的记载。

清军入关以后，官营丝织工场大多残破不堪。自顺治年间开始对其进行重新整治，扩大了原有规模，并设江宁、苏州、杭州三个制造局。到康熙二十四年（1685 年）时，织机和织工的人数比明朝时扩大了数倍。而民间经营的丝织业，大体承袭了明朝以来的方式，仍以家庭手工作坊为主。

丝绸，是中国古代社会的主要经济产业之一，像这样的绸布店更是遍及全国各地的商业街头。

我国民间的蚕丝业，尊奉嫘祖为本行业的始祖。据史书记载，嫘祖为黄帝的正妃。黄帝战胜蚩尤之后，建立起了部落联盟，他被推选为部落联盟的首领。黄帝带领大家发展生产，种植五谷，驯养动物，制造生产工具。而制作衣冠的任务，他便交给嫘祖负责。

相传，嫘祖经常带领妇

女们上山剥树皮，织麻网。她们还把男人猎获的各种野兽的皮毛剥下来，进行加工。经过不长时间，各部落的大小首领都有衣服穿了，嫘祖却因为劳累过度病倒了。她不想吃饭，一天比一天消瘦下去。

清代苏州织造府的染工为蚕丝染色的塑像。

人们听说之后都焦急万分，坐卧不宁。守护在嫘祖身边的那几个妇女，更是想出了各种各样的办法，做了好多嫘祖平时爱吃的东西。谁知嫘祖看到那些美食之后总是摇摇头，一点都不想吃。

有一天，那几个妇女悄悄商量，决定上山采摘些野果回来给嫘祖吃。她们一早就进山了，跑遍了山沟旮旯，摘了许多果子，可是用口一尝，不是涩的便是酸的，都不可口。

直到天将黑的时候，她们突然发现在一片野桑树林里满树结着白色的小果子。她们以为找到了鲜果，就忙着去摘，谁也没有顾上尝一口。等她们摘满篓子之后，天已经黑了下来。她们担心山上有野兽，就匆匆忙忙走下山来。

善良智慧的嫘祖，被后世的丝织行业奉为始祖。

回来之后，这些妇女尝了尝白色小果子，什么味道也没有。她们又用牙咬了咬，却怎么也咬不烂。于是，她们就把那些小果子倒进锅里，加上水用火煮起来。煮了好长时间，捞出来一个试了试，还是咬不烂。

有一个妇女随手拿起一根竹棍，插进锅里搅动起来，当她把竹棍拔出来时，发现上面竟缠着很多像头发丝一样粗细的白线。这是怎么一回事呢？她们把这件稀奇事立即告诉了嫘祖。

嫘祖是一个非常聪明的人，她仔细察看了缠在竹棍上的细丝线，又询问那些白色小果子是如何弄来的，然后兴奋地说："这不是果子，不能吃，但却有大用处啊！"

说来也奇怪，嫘祖自从看到那些白色的丝线之后，天天都在琢磨这件事情，病情竟一天比一天减轻了。不久，她的病便痊愈了。

随后，嫘祖不顾黄帝的劝说，亲自带领那些妇女上山看个究竟。嫘祖在野桑树林里观察了很长时间才弄清楚，原来这种白色的小果子是一种虫子口吐细丝绕织而成的。回来之后，她请求黄帝下令保护山上所有的野桑树，黄帝便同意了她的请求。

从此，在嫘祖的倡导下，人们开始了栽桑养蚕的历史。后世为了纪念嫘祖这一功绩，就尊称她为"先蚕娘娘"，并将她奉为我国民间蚕丝业的始祖。每年蚕事开春开始与秋季结束时，人们都要祭祀"先蚕娘娘"。这种祭祀，从周代便已经开始了，历代延续不断。如北京北海就曾有"先蚕坛"，它建于清朝乾隆年间。除了隆重的祭祀活动之外，人们还会举行赛龙灯、赛船、扭秧歌、踩高跷等民间娱乐活动，由此形成了民间盛大的节日。

伏羲氏织网捕鱼

远古时期的先民们，最初是使用石块、棍子等工具来击打捕获水中的鱼类。

我国水域辽阔，水产资源丰富，为渔业的发展提供了有利的条件。早在原始社会，古代先民们就以采集植物和渔猎为生，鱼、贝等水产品是他们赖以生存的重要食物。

随着农业和畜牧业的发展，渔业在社会经济中的比重逐渐降低。但是，在江河湖泊流域和沿海地区，仍存在以渔为主或渔农兼作的不同状况。在漫长的历史时期，我国的渔业经历了原始、古代、近代至现代的发展阶段。

根据现在的考古发现，在距今一万多年前的北京周口店“山顶洞人”的捕捞物中，有草鱼和大大小小的河蚌，以及可能是通过交换得来的海蚶。

在距今4000—10000年前的新石器时代，先民们的捕鱼技术和能力已经有了相当程度的发展。这一时期，人们除了用手摸鱼、用棍棒打鱼和用弓箭射鱼之外，还学会了用鱼镖叉鱼和钩钓、网捕等捕鱼方法。

以兽骨或兽角磨制的鱼镖有多种形式，多具有倒钩，其尾可以固定在镖柄上，或拴以绳索，成为带索鱼镖。在使用带索鱼镖捕鱼时，鱼被刺中后开始挣扎，使得鱼镖和镖柄脱离，这时人们可以持

镖柄拉绳取鱼。当时的鱼钩已经具有倒刺，其锋利程度可以与现代的钓钩相媲美。

远古时期的先民们发明了鱼镖之后，便驾乘着木筏到更远的水域去捕获鱼类。

我国古代渔业的发展，可分为水产捕捞和水产养殖两方面，其中，水产捕捞又经历了内陆水域捕捞和沿海捕捞两个阶段。商代的渔业区，主要分布在黄河中下游，捕鱼工具有网具和钓具等。

周代是渔业的重要发展时期，当时的捕捞工具已呈多样化。此外，人们还创造了一种新的渔法，即将柴木置于水中，诱鱼栖息其间，围而捕取。这就是后世人工鱼礁的雏形。

周代设有专门管理渔业的官吏。为保护鱼类资源，周代还规定了禁渔期。一年之中，春季、秋季和冬季为捕鱼期。夏季是鱼类繁殖的季节，禁止捕捞。周代对渔具和渔法也做了限制，规定不准使用过密网眼的渔网，不准毒鱼和竭泽而渔。这些保护措施，现在看来也是非常科学的，它们有力地保护了渔业的健康发展。

春秋时期，随着铁器的应用，人们开始使用铁来制作鱼钩。铁鱼钩质地坚固，且来源较多，因而极大地推动了钓鱼业的发展。

随着捕捞工具的改进，人们的捕捞能力也相应地得以提高，近海捕鱼有了很大的发展。位于渤海之滨的齐国，原先地瘠民贫，吕尚受封齐地之后，兴渔之利，人民多归齐，齐因此成为当时的大国。

柳编的鱼篓，是过去渔民随身携带用来盛放渔获物的器具。

水产养殖，一般被认为始于商代末期。在我国第一部诗歌总集《诗经》里面，就有关于周文王游于灵沼，见其中饲养的鱼跳跃的描述。这是对池塘养鱼最早的记录。从天然水域中捕捞鱼类到人工建池养殖鱼类，是渔业的重大发展。而中国则是世界上最早开始养鱼的国家。

从周代初期到战国时期，池塘养鱼在齐国、宋国、吴国、越国等地迅速发展起来，成为富民强国之业。据《史记》《吴越春秋》等古代典籍记载，春秋末年，越国大夫范蠡曾凭借养鱼经商而致富。相传，范蠡曾著有《养鱼经》一书。

渔民用来织网或修补网具的网梭。

东汉时期，我国民间的水产捕捞和养殖业有了更大的发展，就连皇帝都身体力行，对渔业的发展大力倡导。这一时期，人们在捕捞方式上创造出了采用拟饵的新式钓鱼法。渔民们将真鱼一样的红色木制鱼模置于水中，借以引诱鱼类上钩。

汉武帝时期，人们已经能够制造“楼船”“戈船”等大战船，从而极大推动了海洋捕捞技术的发展。另据东汉历史学家班固的《汉书》记载，汉武帝曾命人在长安（今西安）开挖方圆四十里的昆明池，用于训练水师和养鱼。昆明池所养的鱼，除了供祭祀用之外，其余的则在长安市场上销售，致使当地的鱼价暴跌，可见其数量之多。

唐代的主要渔业区，是在长江、珠江及其支流水域。这一时期，人们除了承袭前代的渔具、渔法之外，还驯养禽兽捕鱼。公元766—768年，诗人杜甫在夔州（今四川奉节县）居住时，看到当地的渔民普遍豢养鸬鹚捕鱼。7世纪末，通川（今四川达县）的渔民还驯养水獭捕鱼。唐代末期，诗人

随着渔业的发展，全国各沿海地区兴起了建造渔船的高潮。

停泊在海岸等待起航的渔船。

陆龟蒙将长江下游的渔具、渔法做了综合描述，写成著名的《渔具诗》。作者在序言中，对所描述渔具的结构和使用方法做了概述，并对其进行分类。

宋代，随着东南沿海地区经济的开发和航海技术的提高，大量海洋经济鱼类得到开发利用。比如浙江杭州湾外的洋山，已成为当时重要的石首鱼渔场。每年三四月份，大批渔船竞相前往捕捞。渔获的海产品盐腌后可常年食用，有的被冰藏后销到江苏南京以西。马鲛鱼、带鱼，也成为重要的捕捞对象。当时使用的渔具，以萧网和帘为主。

唐宋时期，宫廷养鱼也很盛行。唐代的定昆池、龙池、凝碧池、太液池等，都是养鱼之所。宋代皇室也建池训练水师和养鱼，青鱼、草鱼、鲢鱼和鳙鱼成为新的养殖对象。当时人们对鱼苗的存放、运输、喂饵以及养殖等都已有较成熟的经验，对鱼病也有了一定的认识。

明清时期，海洋捕捞的对象进一步扩大。可供大宗捕捞的鱼类除石首鱼之外，还有带鱼、鲫鱼、比目鱼、鲳鱼等经济鱼类数十种。捕捞技术也进一步提高。

北方渔民使用的各种不同类型的网具。

清初，广东沿海地区开始用围网捕鱼。围网的出现，为开发中上层鱼类资源创造了条件。

当时的海洋渔具有拖网、围网、刺网、敷网、抄网、耙刺、笼壶等。内陆水域使用的渔具基

从明代画家周臣创作的《渔乐图》（局部）中，能够了解到古代渔民的一些捕鱼方式。

本相同，捕捞规模继续扩大，太湖上甚至出现了多达七桅的大型渔船。

这一时期，淡水鱼养殖也有了很大的发展。明代黄省曾的《养鱼经》、徐光启的《农政全书》，清代的《广东新语》等众多文献，都有对当时养鱼经验的记载。从鱼苗孵化、采集到饲养，包括放养密度、鱼种搭配、饵料、分鱼转塘、鱼病防治、桑基鱼塘、综合养鱼等，这些在文献里都有详细记述，至今仍有参考价值。除了养鱼之外，我国古代还养殖贝类和藻类。明代时，浙江、广东、福建沿海已经有蚶子养殖业。

伏羲氏，因为曾传授人们捕鱼和养鱼的技术，所以被后世尊为渔业的始祖。

渔业生产在我们的生活中一直占有十分重要的地位。在我国民间，人们将伏羲氏奉为渔业的始祖。至今，有些沿海地区的渔民在春季鱼汛开捕之际，仍要举行隆重的祭祀仪式。

伏羲，是我国古代典籍中记载最早的王。他生活的时代，约为新石器时代。伏羲根据天地万物的变化，发明创造了八卦，八卦成为中国古文字的发源，它的出现也结束了“结绳记事”的历史。

相传，伏羲当选为部落总首领之后，便回老家阆中探望母亲。当他从一个湖泊沿岸经过时，见有些老百姓正在用树杈、石块击打游鱼，命中率非常低。他从蜘蛛结网捕捉飞蛾这一现象受到启发，尝试用林中的藤蔓编织渔网，然后用渔网去捕鱼，这样既省力，收获又丰。

对于那些吃不完的鱼，他又教老百姓用树皮编鱼篓，把它们囤养起来。从此以后，百姓的生活有了很大的改观。后世为了铭记伏羲氏的恩德，便将其奉为渔业的始祖。

第八辑　芜杂江湖篇

伍子胥扬名丐帮

乞丐，又称“乞儿”“乞棍”“花子”“叫花子”等，是以乞讨为生的一个特殊群体。

乞丐的历史，几乎是与文明社会同时开始的。这是明代画家周臣笔下描绘的乞丐。

我国古代乞丐的历史，几乎是与文明社会同时开始的。虽然乞丐是社会最底层的贫民，不为历朝历代执政者所重视，且很少被载入正史，但在文人墨客的私家笔记或野史中，却留下了许多关于乞丐的记载。

乞丐的群体结构十分复杂，其中确实有因为肢体残障，失去了生活能力的人；有孤苦弃儿，无依鳏寡；有家庭破败、贫病交加，完全失去生活依靠的人。此外，还有许多游手好闲的无赖流痞，甚至是逃犯流贼混杂其间。

我国民间用“乞丐”一词来称呼讨饭之人，是从宋代开始的。那么，在宋代以前，人们对讨饭之人又是如何称呼的呢？据《孟子》《吕氏春秋》《列子》《后汉书》等古代典籍记载，有“乞人”“丐”“丐人”“乞索儿”等称呼。

乞丐们以帮派的形式在社会上活动也是始于宋代。在当时的城市里，尤其是通都大邑中，作为丐帮首领与标志的帮主——“团头”已经出现。既然有了帮主，当然就有丐帮。

明代白话小说《金玉奴棒打薄情郎》中，有关于宋代杭州城里的乞丐团头金老大的描述，他手中的杆子是领袖的标志，他统辖全城的叫花子。由此可见，宋代的丐帮已成气候，是具有某种程度组织规模的社会群体了。

丐帮是一个不幸的群体，但这个群体的结构是非常复杂的。这是旧时耍猴卖艺的乞丐。

宋代的丐帮，大体是以名都大城、集镇里社为聚集活动的中心。他们尚未形成全国性的组织，多数带有明显的地域性群体特征。元明时期丐帮的性质也大致如此。丐帮大量涌现，并呈现出迅猛发展之势，那是清代中后期及至近代的事了。

既然是社会上一个古老的行当，那么就应该“行有行名，帮有帮规”。乞丐们既要受“帮规”的约束，还要尽一些义务。如此看来，丐帮似乎也不是可以随便加入的。要进丐帮，必须得有人介绍，此介绍人被称为“文武先生”。在正式拜师时，还必须由丐帮的二当家当司仪人，主持拜师会，他人不可替代。

在拜师加入丐帮之后，除了“听师言，观师行”，还得守规矩。比如讨要这一行的“三不留”和“四不准”规定，乞丐都是必须遵守的。“三不留”，即“中途回家者不留，另谋生计者不留，中途当兵者不留”。“四不准”，即“不准偷盗绺窃，不准讹诈耍赖，不准打架斗殴，不准流氓鬼混”。如果有谁违反了，会当众受责罚。

清代中期以后，丐帮组织日趋发达，几乎每一个地区，尤其是一些大城市，都有相应的乞丐组织，而且他们多与黑道有瓜葛。如北京的丐帮有“黄杆子”和“蓝杆子”两支。“黄杆子”是由破落贫困的八旗子弟组成，是高级乞丐的组织，丐头由王公贝勒充任。“蓝杆子”则是由社会上普通的乞丐组成。

广州的丐帮组织也颇具规模，名曰“关帝厅人马”，其组织网络以广州为中心，影响所及，直到南海、番禺、东莞、顺德等地。在长江中下游地区，丐帮有“三江”与“两湖”的派系之分。云南的丐帮称为“舵上”，丐头称“舵头”，其组织形式与名目跟“哥老会”颇有渊源。兰州的丐帮则称“砂锅子”，丐头叫“万师父”，也曾繁盛一时。

旧时市井的一种乞丐，用粉将脸抹丑，以木盘盛小鼓和钹，敲打唱曲，借此跟别人讨钱。

其中，那些与当地黑道有染的丐帮，对祖辈传下来的帮规置若罔闻。他们在行动的时候往往成群结队，蜂拥登堂入室，索讨钱米，稍不遂意，就喧闹不止。

尤其是在端午、中秋、农历年三节期间，丐头公然带领成群结队的乞丐进入城中，向市面上的商户们强打秋风，索讨规费。凡是纳了捐的店铺，丐头就送给店家一张葫芦形状的纸牌，挂在店铺门口，曰“罩门”。凡是悬挂“罩门”牌的店铺，别的乞丐不能再登门索讨。

若是遇到不肯交纳丐捐的人家，丐头便会指使群丐终日登门强索硬要，闹得鸡犬不宁，直到其妥协为止。索要的丐捐，按照惯例分为五份：丐头一份，群丐合分三份，剩下的那一份当然是用来孝敬当地官员的。

旧时的乞丐，给社会带来诸多混乱和问题，是社会不安定的重要因素之一。历朝历代对乞丐都有收容救助的制度。宋朝时就禁止在严冬乞讨，以避免乞丐冻毙街头，在这一段时间由官府为乞丐提供吃住。明代对乞丐问题尤为重视，政府把乞丐整编起来，令地方团头管理，并严格限定了他们的聚集处以及活动范围。

到了清代，对乞丐的管理实现了制度化，同时也承认了乞丐的职业化。将乞丐编入地方保甲组织，选立丐头为管理之人，查造丐

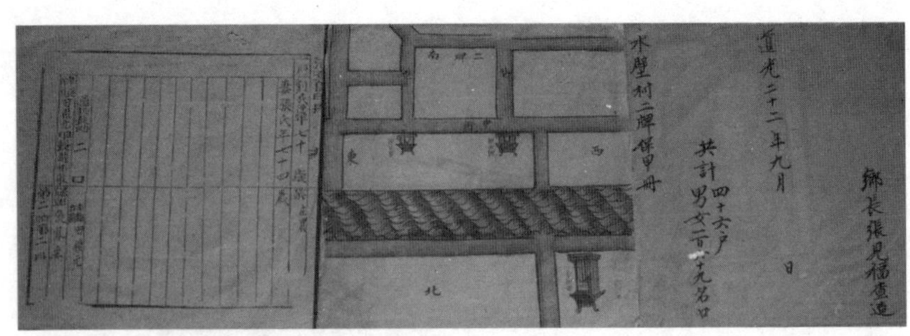

这是清代的“保甲册”。清政府对乞丐的管理始终没有放松，分别将他们编入地方保甲组织。

户牌册。

乞丐的保甲册牌，名为“丐头循环册”，上面列有丐头的姓名及所管理乞丐的人数、年龄、籍贯、体貌特征和栖身之所。册上还注明各坊乞丐只许在哪些范围内行乞，不许硬索强讨、寻衅滋事等条例。

为了消除和减少无业游民，晚清政府一方面采取传统赈抚政策，设立粥厂，收留灾荒与战争性无业游民，另一方面采取一些新的措施，在“振兴实业”的口号下推广“工艺局”，收养贫民，并授以手艺，为乞丐流民创造自食其力的条件。

传说春秋时期著名的军事家伍子胥，曾有过一段坎坷的乞讨经历，故而被后世的乞丐行奉为祖师爷。

新中国成立之后，随着社会的进步和人民生活水平的提高，那些大型的丐帮组织在社会上绝迹了。但是，乞丐这一行当仍存在于城乡的某些角落，其中有不少是长期以行乞为幌子的职业骗子，当然也有遭遇困境的弱势群体。我们在能够辨清真相的前提下，应该给那些弱势群体以力所能及的关心与帮助。

旧时的乞丐行，大都尊伍子胥为本行的祖师爷。伍子胥是春秋时期楚国人，他是我国历史上著名的军事家、谋略家。他的祖父名叫伍举，因为在侍奉楚庄王时刚直谏诤而显贵。

伍氏家族在楚国相当有名。

乞丐这个行业至今没有消除，乞讨人有遭遇不幸的，也有假借怜悯的，令人深思。

既然伍子胥出身名门，且地位高贵，那他为什么会成为乞丐行的祖师爷呢？

伍子胥的父亲伍奢，被政敌诬陷谋反，楚平王下令将其全家人杀害。伍子胥因为外出打猎未归，逃过此劫。他走投无路，欲过昭关投奔吴国。

当时，昭关四处贴满了伍子胥的头像，悬赏缉拿。伍子胥又急又愁，一夜之间须发全白了，面目全非。然而，他竟因此混过了关口，来到吴国的都城苏州。这时他已身无分文，只好吹奏随身携带的长箫，借以乞讨过活。

在乞讨中，他偶遇吴国公子姬光。姬光见伍子胥相貌不凡，口才出众，就将他领进宫中委以重任。姬光即位之后，是为吴王阖闾。伍子胥带领吴国大军打败了楚国，鞭尸楚平王报了大仇。

在伍子胥光彩的一生中，曾有过一段做乞丐的经历，所以他被后世的乞丐们尊奉为祖师爷。

到了近代，有些地方的丐帮还将明朝开国皇帝朱元璋奉为祖师爷，这大概也是因为朱元璋有过一段做乞丐的坎坷经历吧。

刘伯温与相术行

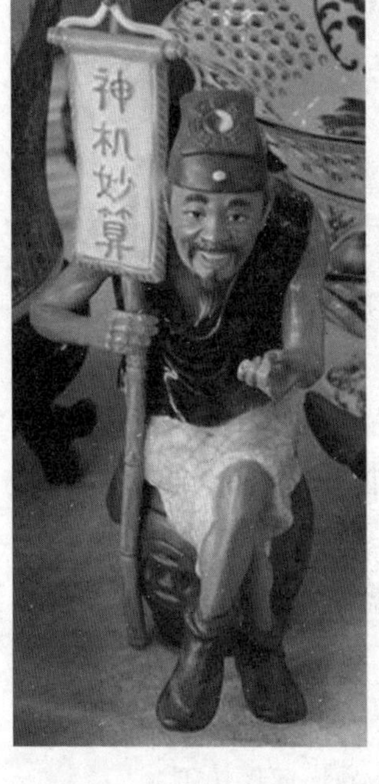

相术，在我国民间有着古老的历史渊源。旧时，人们大都尊称相面、算命的为先生。

相术的起源，在中国有着十分久远的历史。早在春秋战国时期，社会上就已经出现了相士。春秋末期史学家左丘明在《左传》中，便记载了公元前626年，公孙敖请叔福为自己的两个儿子相面的事情。这也是迄今所知，对相术从业者最早的文字记载。

相术，对我国古代的文化有着深远的影响。但是，相术并不可信，那些所谓精髓往往是人为编造出来的。如果把相术视为一种文化去研究，去了解，这是一种正确的态度。但假若把相术当成真理，以相术去归纳人生，那就太过荒谬了。

古代的相术，最初源于民间的下层百姓。最早也只是简单的全身相。男人肩宽，手长脚长，就是好相，因为这样的男人能挑能扛，能干重活，不怕养不了家；女人呢，则是头圆身粗屁股大，好生养，能顺利地传宗接代，这样的女人就值得娶。

后来，相学在民间越来越广泛，涉及面也逐渐多起来，于是便流入富人之中，再由富人流入士族、贵族，由贵族流至宫廷。在这个流入的过程中，社会不同的阶层和相人之法，都融入其中，最后相术发展成为一种带有神秘和诡异色彩的行业。

西晋陈寿编撰的《三国志》里面，记载了很多相术高手，如管辂、朱建平、柳无景等。到了唐代，相术发展到了一个高峰期。当时的袁天罡、龙复本、夏荣、刘思礼、袁客师等，都是有名的相术大师。在一些民间传说和野史当中，他们更是享有崇高的声誉。

在我国民间流传已久的“流年运气图”。

宋元时期，是我国民间相术发展的鼎盛时期，在北宋著名画家张择端的《清明上河图》风俗长卷中，就能见到看相批命的职业形象，这也反映了当时相术风气之盛。

相术一直在争议中存在，它原本不该作为一种职业而流传，然而后来，却偏偏逐渐形成了一种以骗人为生的社会职业，即“面相行”。

据民国年间云游客撰写的《江湖丛谈》记载，算卦相面的在江湖中属于“金门”。譬如甲乙两个江湖人在路上相遇，甲问乙：“你做什么买卖？”

民间的相术术士通过看别人的面相或手相，替别人预测未来。这是明代画家笔下的看手相图。

乙答：“我做‘金点’的。”

此时，甲便知道对方以算卦相面为生。江湖人称算卦相面的行当为“金点”。

旧时，从事算卦相面这一行的人，多为一些落魄的读书人，以及一些破产的地主、商人，再就是双目失明的人。吃相面这行饭也不容易，他们必须善于察言观色，随机应变，口若悬河，不然就骗不了人家的钱财。因此，面相行在收入上差别很大，主要在其手法高低。

有一类纯属江湖术士，他们从小拜师学艺，但未必懂得术理，全仗着“使腥儿”（弄虚作假）骗钱。他们的收入，基本能够维持一家的生活。其中，有少数人得到过师父的真传，再加上本人有些文化，能说会道，精于骗术，堪称“大将”。他们经常出入上层社会，给富商大贾和官员相面，故而收入较丰。

《奇门遁甲》被称为易经最高层次的预测学，号称“帝王之学”。

另一类，虽然熟读卦书、相书，如《麻衣神相》《奇门遁甲》《大清相》等，但只会死背条文，不会“使腥儿”，因而挣钱不多。

还有一类就是盲人，他们虽然得到师父的真传，但下街的盲人一般每天只能勉强维持个人生计。有时候他们几天不开张，生活很苦，还经常受恶人欺凌。所以除了下街算命，他们还兼卖唱。

总之，旧时从事相面这一行的人，除了少数外，大多数生活贫苦，而且还经常遭受地痞流氓的欺压。

相面术士为了招揽顾客，在出摊时都要将自己精心打扮一番。有的特意蓄起长髯，头戴瓜皮小帽，戴着墨镜，给人一种学问高深之感；有的身穿蓝色长袍，脚蹬一双千层底布鞋，一手执书卷，给人以知书达理、文人雅士的印象。

旧时，人们大都非常迷信，对于男女婚姻，多数人家都要请相术先生根据双方的生辰八字，预测婚姻的美满与否。

无论何种装扮，他们在出摊之后都会做出一些古怪的动作来吸引行人的注意。如果设摊多时仍不见生意，他们就会来个主动出击。

譬如在看准目标之后，他们会突然向一位行人高喊：“啊呀！先生，我看你印堂发亮，可能有一笔大财等你去发！”若是这个行人动心，相面术士就会趁热打铁，将那名顾客挽留下来，给他相上一番。最终，那名顾客会心甘情愿地掏出赏钱，并悦然离开。

清末至民国年间，市井常见的相面术士多穿长衫，蓄着长髯，戴着墨镜，给人一种高深莫测的感觉。

我国民间的面相行，一直都是将刘伯温奉为本行业的祖师爷。

刘伯温（1311—1375年），就是元末明初著名的军事谋略家、政治家及诗人刘基。他通经史，晓天文，精兵法。

1360年，义军统帅朱元璋两次向隐居在青田（今温州文成县）的刘伯温发出邀请。据说，刘伯温初见朱元璋就被他的长相吓了一跳，继而认定，此人有异相，将来必成大业。最终，他决定出山辅佐朱元璋。

刘伯温出山之后，忠心耿耿地为朱氏政权效力，积极为朱元璋出谋划策。他为朱元璋制定了“先灭陈友谅，再灭张士诚，然后北向中原，一统天下”的战略方针。

刘伯温在我国民间有“前知五百年，后知五百年”的赞誉，因而那些相面术士们大都将其奉为祖师爷。

而朱元璋得到刘伯温的辅助，简直如虎添翼。他基本按照刘伯温为他定下的战略、战术行事，先用诱敌之计大败陈友谅，挫其锐气，再于1363年，在鄱阳湖与陈氏决战，将其势力彻底消灭。翌年，他又依计将张士诚的势力消灭。然后，朱元璋派部队北上攻打元朝首都大都（今北京市），同时准备在南方称帝。

1368 年，朱元璋在南京登基称帝，正式建立了大明王朝，改元“洪武”。为朱氏最后平定天下、开创大明王朝立下汗马功劳的刘伯温，作为开国元勋之一，被任命为御史中丞兼太史令。

在我国的民间传说里面，刘伯温的形象是一位神仙似的人物，他拥有先知先觉、料事如神的奇特本领，因此民间对其有“前知五百年，后知五百年”的赞誉。

刘伯温精通相面之术，再加上他在历史上的特殊成就，自然而然就被后世面相行的术士们作为祖师爷来供奉了。

盗墓贼里的枭雄

在中国历史上，历朝历代皆视掘坟盗墓的行为为大逆不道的恶行，对当事人是要处以酷刑的。然而，自春秋时期的厚葬之风盛行以后，掘坟盗墓之事就开始了，且从没有中断过。而作为一种发家致富的途径，盗墓也成为最古老的职业之一。

自古以来，盗墓的恶行就没有停止过，这是盗墓贼在古墓顶端留下的盗洞。

虽然盗墓者有被杀头的危险，但在巨大利益的诱惑下，盗墓行为却屡禁不止。直至今天，这个古老的职业仍没有绝迹。

据史料记载，我国历史上最早被盗的墓葬，是商朝第一代王商汤之冢。这一被盗事件大约发生在西周晚期，有人从掘开的古墓中得到一枚玉印，上面共刻着十个字，但在当时没有一个人认得。

掘坟盗墓虽然是“奸事”，但却有人因此起家致富。西汉时期，一些不法贵族甚至将盗墓作为一种荒唐的嗜好，于是在当时便出现了“国内冢藏，一皆发掘”的情形。

据史书记载，自唐末到五代初期，关中的唐代皇帝陵墓除唐高宗、武则天合葬的乾陵之外，其他都被逐一盗掘，无一幸免。从宋代到民国时期，盗墓和墓冢被破坏的事件史不绝书。

纵观古今，有名有姓的盗墓者多如牛毛，但仍以项羽、刘去、

唐朝的 18 座皇陵，竟然被五代梁国的温韬盗掘了 17 座。

曹操、董卓、黄巢、温韬、刘豫、陈奉、乾隆、孙殿英这十大人物最有影响，他们的恶劣行径在中国的盗墓史上是抹不去的。

对墓主随葬物品的贪婪觊觎，是古往今来最为普遍的盗墓动机。当然，在中国古代权力争夺中，发掘政敌及政敌家族墓冢，剖棺，鞭尸，也是一种发泄政治仇恨、压服对方的极端手段。但不论出于何种目的的掘墓与盗墓，都是一种罪过。

五代梁国的温韬，被认为是我国历史上危害最大的盗墓者。温韬曾任耀州、崇州、裕州等地的节度使，镇辖关中地区。

关中地区共有 18 座唐朝皇陵，除了武则天与李治的合陵，其他的 17 座都被温韬盗掘了。当时，不通文墨的温韬把一批书画作品带出陵墓，然而他看上的不是价值连城的书画作品，却是装裱在外面的华美的绸缎。他命手下将上面的绸缎全部撕下来，而后把作品统统扔掉了。

因此，现在的史学界普遍推测，晋代大书法家王羲之的《兰亭序》极有可能是被温韬给撕毁了。不过，也有一部分学者仍抱着美好的愿望，认为《兰亭序》还陪葬在武则天的乾陵内。若果真如此，实乃中华文化之大幸。

温韬应该是中国历史上盗掘帝王陵墓最多的一个罪人。他给中国的帝王陵墓带来的破坏是灾难性的，许多珍贵的文物都让他给毁坏了。

盗墓者有的是贪财，有的则是泄愤。但在中国历史上却有一个很变态的盗墓者，竟然是为了好玩。他就是西汉时期的广川王刘去。刘去为西汉皇室，封地在今河北、山东相连的区域。据说，刘去在当时的名声很差，他做事不靠谱，可是对吃喝玩乐却样样精通。

东晋著名书法家王羲之的《兰亭序》，极有可能被温韬毁坏。

据晋代葛洪编著的《西京杂记》记载，当时凡是在刘去封地内的古墓，几乎没有一座能够逃脱他的黑手。刘去盗掘的对象，主要是春秋战国时期的王族墓，魏襄公、晋灵公的陵墓都让他给掘开了。

宋代文人李昉编修的《太平广记》，对刘去盗墓的过程有着较为详细的记载。魏襄王墓是用石料做成的外椁，中间置放石床、石屏风，为防盗掘，入口处用铁水灌注，刘去派人连凿了三天才掘开。

墓内的石床上放着一个玉痰盂，两把铜剑，几件金器。刘去看上了其中一把铜剑，当场就拿起来佩戴在身上。棺材是用生漆与犀牛皮做成的，有好几寸厚，刀刃根本砍不动，刘去便命人用锯子锯开。被刘去盗掘的名人墓还有好多，如魏王之子且渠墓、晋幽王墓、栾书墓，等等。

我国历史上最专业的盗墓贼，当属曹操。据史料记载，曹操在起兵之初为了筹集军饷，想到了陪葬丰厚的王陵。于是，他便打起了盗墓的主意。

曹操盗掘的最著名的陵墓是芒砀山王墓，这里是汉梁孝王刘武和李王后的陵墓。此陵墓构建规模宏大，足有北京“十三陵”的四倍大，史称“天下皇室第一陵”。曹操盗墓是很有心机的。在古代，如果盗帝王陵，是一种极大的忌讳，很容易遭到天下人的怨恨，并把自己的名声搞臭。项羽当年盗掘秦陵，就被他的对手刘邦抓住了把柄，写进了十大罪状里面。

曹操聪明就聪明在这里，他吸取了教训，不盗帝王陵，而是盗诸侯王陵。诸侯王陵的目标比较小，容易掩盖。他选择盗掘刘武的墓，之前也是经过精心策划的。

刘武是刘邦的孙子，其父是汉文帝刘恒，哥哥是汉景帝刘启。

刘武生活于“文景之治”，国富民丰的年代，足可以想象出刘武陪葬的丰厚程度。对于曹操来说，这座王陵的价值，不啻于一座帝王陵。

为了保证盗墓的顺利进行，曹操独出心裁，在军中成立了一个“盗墓办公室”，设“发丘中郎将”“摸金校尉”等职。“发丘”和“摸金”都是盗墓的专用词。

曹操是我国历史上最早的专业盗墓者，因此他被后世的盗墓贼奉为祖师爷。

“发”相当于我们现在的挖，“丘”就是古代墓冢的意思，“发丘”就是挖墓。“摸金”很容易理解，就是寻找金银财宝。盗墓现场的负责人，就是那“发丘中郎将”。

根据史书记载，曹操命人将陵墓打开之后，亲临现场指挥取宝。据说，曹操仅凭这一次盗掘所获的财宝，就养活了手下全军将士足足三年，由此可见盗掘财宝数量之巨了。

盗墓经曹操一手操控，显然更接近于一种职业。因此，曹操被后世的盗墓贼奉为祖师爷。

曹操虽然盗墓的影响很大，但比他盗墓影响更大的，是他如何反盗墓。曹操可能深刻意识到了厚葬的弊端和被人盗掘的惨景，因此他在生前提倡薄葬、秘葬。

公元218年，曹操颁布《终令》，即遗嘱，表示陵址要选在“贫瘠之地，平地深埋，不封不树”，陵内不陪葬金玉珠宝。不仅如此，为了防止盗掘，他还建了好多疑冢。

据南宋罗大经撰写的《鹤林玉露》记载：“漳河上有七十二冢，相传云曹操疑冢也。”另有史料记载，曹操实际葬在高陵，又称西陵。但高陵具体在哪里，至今仍是让考古界困惑的一个谜团。

1928年7月，在中国北方发生了一桩轰动世界的大案——清东陵被盗！盗墓的凶手，是土匪出身的孙殿英。当时，他的身份是国民革命军第六军团第十二军军长。

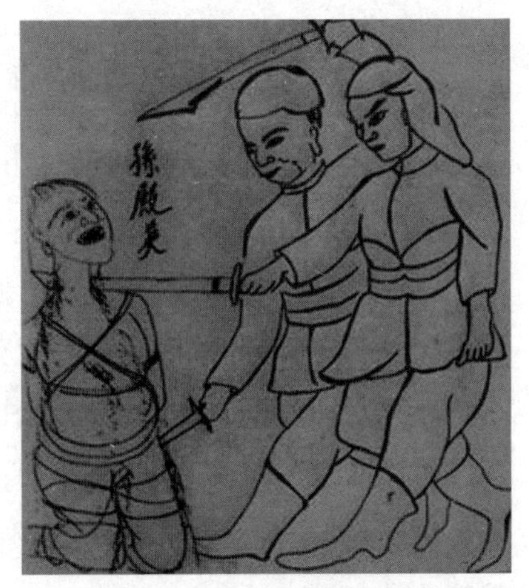

1928年，末代皇帝溥仪得知孙殿英盗掘清东陵的消息之后，在悲愤之余，提笔画下了这幅《杀孙殿英图》。

孙殿英以剿匪换防为名，进入清东陵搞“军事演习”，暗中连夜行动，盗掘清东陵。皇陵虽然修筑得十分坚固，外有五尺厚墙，内有三道玉石或铁质包金门，但仍架不住炸药的威力。孙殿英命令手下盗取了陵内无数的珍宝，连慈禧的金丝楠木棺椁也未放过。棺内珠宝被一扫而空，尚未腐烂的尸体则被拖出棺外，扔到一边。

孙殿英的恶行传出之后，举国震惊，各界纷纷强烈谴责，要求追究其刑事责任。为逃脱罪行，孙殿英花钱消灾，用盗得的珍宝上下打点，其中包括慈禧生前极为珍爱的夜明珠和“金玉西瓜”，以及大批的珠宝、玉器、字画和数以万计的黄金，从而得以逍遥法外。

凭借这段臭名昭著的劣行，孙殿英自然而然地跻身于“中国十大盗墓贼”之列。

孙殿英将清东陵内的陪葬宝物洗劫一空，这是慈禧太后生前钟爱的一件翡翠白菜。

民国年间，战争不断，社会逐渐陷入混乱动荡之中。那些盗墓贼也开始猖獗起来，伺机作案。旧时，盗墓贼在作案时，一般都是两个人合伙。当然，也有多人结成团伙作案的，不过只占少数，一个人单独干的更少。

原因很简单，人多了显眼，而且人多口杂，容易走漏风声；一个人则顾及不过来。而两个人最合适，可以分工合作：开始时，一个人挖洞，另一个人清土，同时望风。随着盗洞的深入，一个人挖进墓室，另一个人则在上面接取坑土和随葬品。

这些人长期以盗墓为职业，积累了丰富的经验。他们善于通过伪装来掩人耳目，并且都有对付墓内防盗机关的一套办法。在确定盗掘目标之后，如果是小墓，他们便用几个晚上挖开，速战速决，取出随葬品走人。如果是大型墓葬，他们便会采取以下几种办法：一是以开荒种地为名，在墓地周围种上玉米、高粱等高秆作物，以青纱帐掩盖一两个月的盗掘活动；二是在墓边盖间房子掩人耳目，然后从屋内挖地道通向墓室。从外面看不出什么问题，但墓室内早就被洗劫一空。

盗掘古墓，一方面是靠盗墓贼的技术和经验，另一方面需要靠专业工具进行操作。盗墓贼们还将盗墓的经验，归纳为“望”“闻”“问”“切”四字诀。

“望”，是指望气、看风水。老盗墓贼经验丰富，又多擅长风水之术，故每到一处，他们必先察看地势，看地面上封土已被平毁的古墓坐落何处。只要是真正的风水宝地，一般都是大墓，墓里陪葬的宝物必然会多。

“闻”，是指嗅气味。有此奇术的盗墓贼，专练鼻子的嗅觉功能。他们在盗掘前，先翻开古墓的表土层，取一撮墓土放在鼻子下猛嗅，然后从泥土的气味中辨别墓葬是否被盗过，并根据土色判断古墓的年代。

“问”，就是踩点。精于此道者，往往会扮成风水先生或相士游走四方。他们尤其注意风景优美之地和出过将相高官之处，一旦探听到古墓的确切位置，便立即召集盗墓贼夜间盗掘。

“切”，即把脉之意。盗墓贼发现古墓之后，必须找好打洞方位，以最短的距离进入棺椁。这种功夫，需要盗墓贼不仅有丰富的盗墓经验，而且还要有体察事物的敏锐感觉。擅长此道的盗墓贼，往往能够根据地势和地脉的走向，如同给病人把脉一样，很快切准棺椁的位置，然后从斜坡处打洞，直达墓室中的棺头或椁尾，从而盗取葬品。

古时，民间盗墓贼使用的主要工具有锹、镐、铲、斧、火把和蜡烛等。明代以前，盗墓贼还没有探测工具，明代开始使用铁锥。之后，又出现了“洛阳铲”。探测工具的出现，使盗墓贼仅以地面有明显标志（如封土、墓碑）的墓葬作为盗掘对象的时代一去不复返。

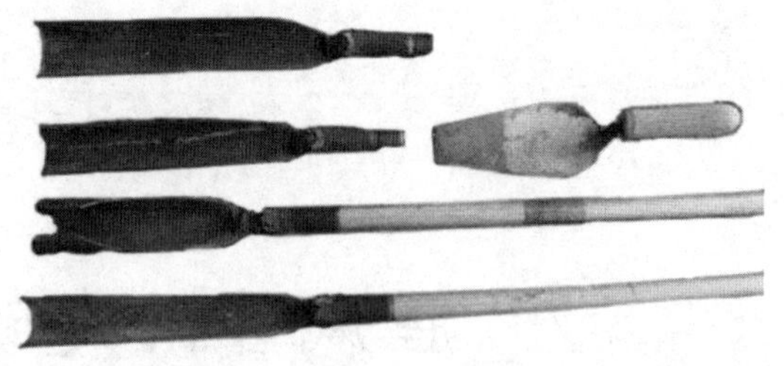

洛阳铲的出现，为盗墓贼作案提供了极为便利的工具。

洛阳铲，是北方盗墓贼使用地下探测工具的一个飞跃。洛阳铲的铲夹宽仅二寸，呈 U 字半圆形，铲的上部装有长柄。把此铲每向地下钻插一下，就可以进深三四寸，往上一提，就能把地下卡在半圆口内的泥土原封不动地带上来。

不断地向地下钻探，然后盗墓贼对提取的不同土层的土壤结构、颜色、密度和各种包含物进行分析。如果是经后人动过的熟土，那么地下就很可能有墓葬或古建筑等。

近年来，有些不法之徒利欲熏心，铤而走险，重新操起盗掘古墓的营生。其技术与工具演变到现在，更加趋于现代化、智能化了。

他们在探测的时候，采用探测仪和军用罗盘；开挖时，用雷管、炸药、电锯等；运输和通讯，则使用汽车、摩托车、手机等。因此，现代打击盗掘古墓、贩卖走私文物的违法犯罪分子的任务，更为复杂艰巨。

腥风苦雨走镖人

镖局的诞生，为古代商业经济的发展提供了极大的便利。

镖行，又称“镖局”，它是我国古时一种受人钱财，凭借武功，专门为顾客保护财务或人身安全的机构。

在我国古代，驿站是唯一系统的邮发运输机构。但是，驿站是专门为官府押送一些来往信件物品的，而民间的商业往来，便缺少一个安全保障机构。

明清时期，随着资本主义的萌芽与商品经济的发展，商人经营的店铺开始向全国扩展。他们经营的钱庄要运送大批银钱，为了保障财物的安全，镖行自然就应运产生。

开办镖局，不但要经过官府注册，而且还需要有三家以上资本丰厚的大店铺来当“铺保”。镖局一旦“丢镖”，就需要赔偿雇主的经济损失，这是法律上的责任。

旧时，镖局开办时，先得亮镖“立万儿”，也就是下帖请客。凭着开办人的名望，当地的富商大贾、官府要人纷纷前来捧场。只有这样，头一脚才算踢出去。如果亮镖不顺，就很难揽到生意，而且还会有人前来踢馆。

镖局若亮镖顺利，第二步就是头趟镖，这是最最关键的。因为沿途劫匪、恶霸、武林高人等知道是新开镖局的镖车，多数会前来寻衅，也就是看你懂不懂江湖的规矩，看你的武艺本领高不高强。而当地的生意人也都非常关注头趟镖的成败，并以此来考察镖局的实力和信誉。倘若这头趟镖能够顺利走完，就算在这条路上站住了场子。

创立镖局者，不仅要武功高强，而且还要在社会上具有一定的名望。

镖局的生意称为“出镖”或“走镖”，镖局按照路程的远近和货物的价值，收取不同的“镖利”。双方商定后，即签订“镖单”。镖单上注明起运地点、商号、货物名称、数量、镖利的金额等，并盖上双方的印章。将货物护送到指定的地点、商号之后，镖局才能获得镖利。

镖行保镖，主要有水路和陆路两种走法。镖师上路，首要的就是会武功。没有武功的文弱之人是不能做镖师的，而且武功必须是上阵对敌的真功夫。

镖师还得会几手暗器，为的是出其不意。飞蝗石子、飞镖、袖箭、袖弩等，都应会一两样。此外还必须懂得江湖上的“春点”，即行话。

在走镖的途中若遇到状况，譬如发现路中间摆着荆棘条子，就表示前面有事了，这叫“恶虎拦路”。这些荆棘条子不能自己挑开，必须做好跟劫路人见面的准备。

此时，镖头会下令“轮子盘头”，意思是叫所有的镖车围成一个圈，准备御敌。但是，不到最后关头，双方通常不会硬碰硬地打斗起来。闯江湖混口饭吃的人，只有一半是仗着武艺，另一半则是靠嘴皮子里的满口江湖黑话。镖局的人押着镖车，喊着镖号，不断告诉人家：“合吾（大家都是江湖同道）！”

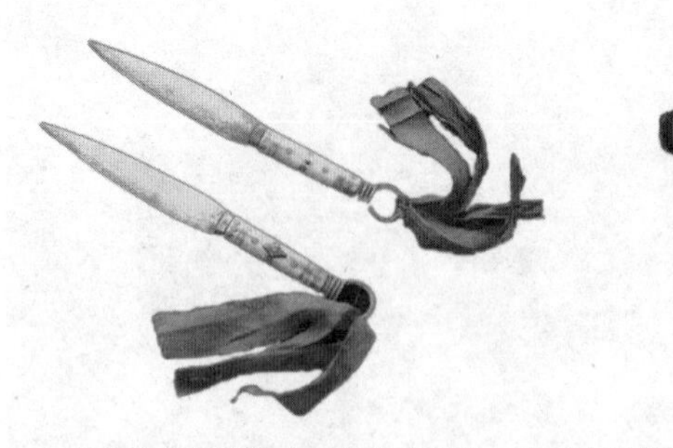
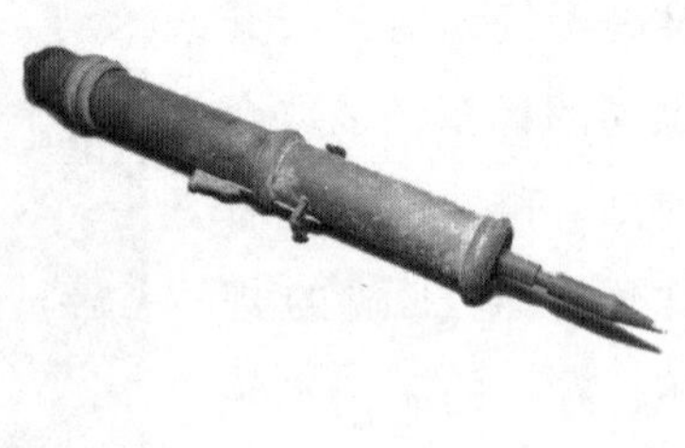

古代的镖师除了使用常见的武器，为了在险境中出奇制胜，还大都精通几门暗器。这是暗器中的飞镖（左）与袖箭（右）。

镖师具有了上述种种本领还不行，最重要的是人品，要求镖师忠诚守信，胆大心细，严于律己。人品不好，或监守自盗，或勾结匪人，或临阵脱逃，这样的人都不是当镖师的料。一旦出现上述行为，即会被镖局开除，并永世当不成镖师，任何一个镖局都不会接纳。

镖师过的是刀口下讨生活的日子，所得的报酬可以用“血酬”来形容。武侠小说中描绘的那些护镖与劫镖的血腥搏斗，大体上真实地反映了保镖人腥风苦雨的江湖生涯。

镖行在发展的过程中，也逐渐形成了一些行规与戒律：戒住新店，因为新开设的店摸不透心，保镖之人不能随意去冒险；戒住娼妇之店，因为在有些店会因娼妇纠缠而中计丢镖，所以保镖之人也不去冒险；戒武器离身，无论是走在路上还是住店休息，武器都必须带在身上，以防万一；戒镖物离人，无论是旱路的镖车，还是水路上的镖船，保镖之人都不得随意离开。

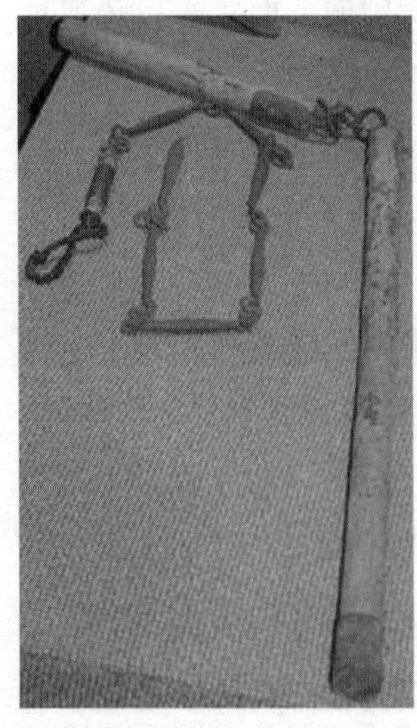

古代镖师使用的武器——七节鞭与双节棍。

镖车，是旱路走镖时的重要交通工具。它的特点是只有一个车轮，亦称独轮镖车。这样的车子走起路来不太好掌握平衡，但走崎岖不平的山路比较方便。

每辆镖车上都插着三角形小旗，上

面写着总镖头的姓氏。劫镖人一看到镖旗就知道谁保的镖，不一定敢乱劫。因为那些镖头都是在江湖上出了名的武林高手，他们个个身怀绝技，名扬一时。

清代镖局使用的小镖车和榆木镖箱。

镖箱，大多是用榆木制作的，本身就比较重。锁，则采用最先进的防盗暗锁。在当时，只有大掌柜和二掌柜的两把钥匙并起来才能够把锁打开，起到一个防贪污的作用。

我国历史上的第一家镖局，是山西人神拳无敌张黑五在北京顺天府门外创办的“兴隆镖局”。

除了兴隆镖局之外，在全国颇有影响的镖局还有会友镖局、成兴镖局、玉永镖局、广盛镖局、昌隆镖局、同兴公镖局、源顺镖局、三合镖局和万通镖局。这十家镖局，在当时被誉为“中华十大镖局”。

著名的镖师有“镖不喊沧”创规者李冠铭、“双刀镖师”李凤岗、“华北形意大师”戴二闾、“大刀王五”王子斌、“单刀镖师”李存义，等等。他们凭着自己高超的武功和一副侠肝义胆，在江湖上留下了许多惊心动魄的传奇故事。

随着社会生活日益复杂，镖局承担的工作也越来越广泛，他们不但承接一般私家财物的保送，而且承担地方官府上缴的税银的运送。由于镖局同各地都有联系或在那里设有分号，一些汇款业务往往也由镖局来承担。

再后来，看家护院、保护银行等营生，也来找镖局派人。比如当年晚清政府大臣李鸿章的家宅，就是由北京的会友镖局派人保护的。会友镖

“中华第一保镖”杜心五，在腥风苦雨的走镖路上曾威名远扬。

局，是当时北京最大的一家镖局。

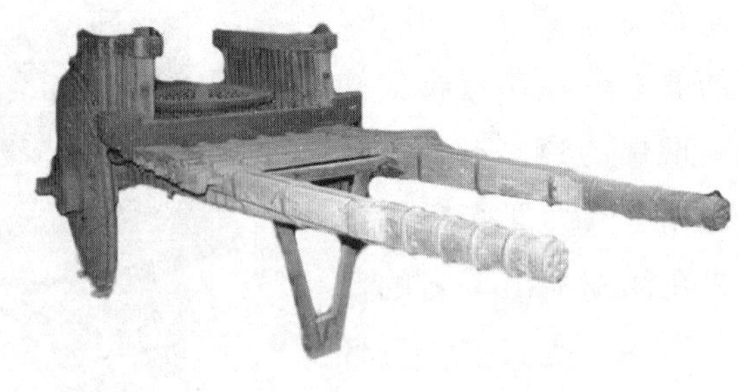

清代镖局使用的大镖车。

北京附近那些实力雄厚的镖局，甚至还有机会承接皇差。1900年8月，八国联军进北京屠城之前，慈禧太后逃得比谁都快。当时的御林军在洋人攻到东华门之前，早已经溃不成军。15日清晨6点，慈禧太后发不及簪地仓皇出逃。

慈禧太后和光绪一行落荒逃至昌平之时，她忽然想起了名声在外的李家镖局。李家镖局的名声，慈禧太后在娘家做姑娘的时候就有所耳闻，而且知道李家的骡轿比别家的宽敞。于是，她钦点李家走这趟皇差。

这次，李家镖局一路尽忠保驾，直到将慈禧太后一行护送至西安。一年之后，慈禧太后从西安回銮，她没有忘记李家镖局的护驾之功，给了李家皇封，还赐了殷实厚赏。

这一具有政治和经济意味的厚赏，被李家镖局很好地利用了起来——此后每个新春，李家镖局都会赶着大车、扯着黄旗，从昌平进京，又是进贡又是领赏，一路招摇，广而告之。于是在民间，李家镖局就有了“御前镖户”的名号。

旧时的镖行，尊奉达摩为本行业的始祖。

达摩，是中国禅宗的祖师。相传他生于南印度，婆罗门族，出家后倾心于大乘佛法。南朝梁武帝时期，他自印度乘船来到广州。梁武帝信佛，便将他接到南京传法。

禅宗祖师达摩，被民间的保镖行业奉为祖师爷。

据说他到南京之后，梁武帝同他谈

论佛理，问他："我修建了这么多佛寺，写了这么多经卷，度了这么多僧人，有何功德?"

达摩却回答说："都无功德。"

梁武帝面带愠色，继续问他："何以无功德?"

达摩说："这都是有求而做的，虽有非实。"

由于他跟梁武帝话不投机，便离开南京北上。传说，达摩渡过长江时，并不是坐船，而是在江岸边折了一根芦苇，立在苇上过的江。现在，少林寺仍留存着达摩"一苇渡江"的石刻画碑。

随后，达摩便于同年来到北魏，开始在洛阳一带游历，传习禅宗。再后来，他来到少林寺，见众僧的精神萎靡不振，便传授他们武功以强身。达摩最终成为镖行的祖师爷，显然是与旧时镖行崇尚武术有关。

进入20世纪二三十年代后，随着现代交通工具的出现与普及，以及保险业、银行业的兴起，旧镖局日渐式微，并逐步退出了历史的舞台。

然而，自20世纪八九十年代以来，在深圳、广州、武汉、厦门等地，又涌现出了一些配备现代化装备的"现代镖局"。

全国各地一些企业、公司又开始雇佣保安人员，于是，各种保安公司、私人侦探、私人保镖相继诞生。想来，这是商品经济大发展的反映，但同时也是受到了古代镖局潜移默化的影响吧。